LA LIBRAIRIE DES COEURS PERDUS

TOME 1

Passionnément écrit par

Anaïs BONSERGENT-BOURIENNE

Fièrement illustré par

Eléonore MONNET

© 2025 Bonsergent-Bourienne, Anaïs

Édition : BoD · Books on Demand, 31 avenue Saint-Rémy, 57600 Forbach, bod@bod.fr

Impression : Libri Plureos GmbH, Friedensallee 273, 22763 Hamburg (Allemagne)

ISBN : 978-2-3225-6114-8

Dépôt légal : juin 2025

Du même auteure

- La Librairie des Coeurs Perdus (juin 2025)
- La Librairie des Coeurs Perdus - Un Noël pour écrire la suite (novembre 2025)
- Wishlist (printemps 2026)

Née en 1997 à Orléans, Anaïs Bonsergent-Bourienne est une professeure des écoles, formatrice et autrice française.
La Librairie des Coeurs Perdus est le premier tome d'une série de romans feel-good se déroulant dans sa région de résidence, mais surtout de coeur : la Nouvelle Aquitaine.

« Aimer, ce n'est pas se regarder l'un l'autre, c'est regarder ensemble dans la même direction. »
— Antoine de Saint-Exupéry

« L'amour, c'est comme une librairie. On y entre par hasard, et puis on ne veut plus repartir. »
— Nadine, la Librairie des Coeurs Perdus

1
Le Constat

Nadine était une femme simple, sa vie, millimétrée comme une feuille de papier à musique. Tel un chef d'orchestre, elle procédait minutieusement à sa routine matinale de la même façon. Un café noir, serré, sans sucre, sans lait, bouillant. Ce matin-là, le café était plus chaud qu'à l'accoutumée, elle se brûla la langue. Mais ne vous inquiétez pas, Nadine a le cuir dur, ce n'est pas une tasse de café trop bouillante qui la bloquera dans son élan.

Elle avait pour seule compagnie Gustave, son fidèle corgi et les livres qui arpentaient sa belle librairie. Ses amis d'encre et de papier constituaient pour elle un refuge confortable, douillet, qui, contrairement aux hommes, ne la décevaient (presque) jamais.

Chaque jour durant, elle arborait une tenue assez similaire : un haut noir, parfaitement repassé, délesté de tous les poils de Gustave, un pantalon droit, taille haute, excessivement serré à la taille pour marquer sa finesse. La couleur variait entre le beige et le kaki, en fonction de la lumière, mais surtout du niveau de délavement de la pièce. Ses cheveux étaient maintenant totalement blancs, coupés en un carré court effleurant ses épaules. Sa légère frange rideau, quand elle n'était pas maintenue par sa paire de lunettes rouges, tombait légèrement sur son visage. Ses oreilles, elles, se paraient de ses perles dorées, héritage de sa grand-mère.

Cet uniforme qu'elle s'imposait chaque jour la seyait à merveille. C'était une condition sine qua non à la réussite de sa journée. Vêtue ainsi, elle pouvait se mouvoir facilement, s'occuper du rayonnage de sa boutique et vaquer à ses diverses occupations tout en maintenant le seuil d'élégance minimal qui lui importait tant.

Nadine n'était pas particulièrement aimable, mais sa passion des livres et sa parfaite connaissance de sa boutique faisaient de la Librairie Acacia la référence littéraire de la ville.

En son sein, elle croisait des profils de clients en tous genres : des jeunes étudiants à la recherche de la lecture imposée par leurs professeurs, des enseignants en quête de la nouvelle trouvaille à partager avec leurs élèves, des jeunes mamans débordées prêtes à tout pour contenter les envies de leurs bambins.

Mais ceux que Nadine préférait, c'étaient les férus de lecture. Vous savez, les clients qui revenaient tous les quinze jours en la remerciant pour les conseils prodigués lors de leur dernier passage. Ces clients-là, ses clients fidèles, n'étaient généralement pas mariés, et ne se promenaient pas avec d'insupportables et bruyants enfants. Nadine avait l'œil, elle était du genre à remarquer les petits détails que les autres ne voyaient pas : les nouvelles coupes de cheveux, la barbe taillée différemment, les alliances présentes ou suggérées par une trace circulaire plus claire sur le doigt.

Alors qu'elle s'apprêtait à poser un dernier livre sur l'étagère dédiée aux nouveautés, la clochette de la porte retentit une première fois. Elle n'eut pas besoin de lever les yeux : seuls quelques habitués entraient d'aussi bonne heure.

— Tu as du café chaud pour moi, j'espère ? lança une voix joyeusement râpeuse.

C'était Sandrine, son amie de toujours, la seule capable d'interrompre sa routine sans provoquer chez Nadine un froncement de sourcils.

— Tu sais bien que le café n'attend jamais, répondit Nadine avec un sourire discret, tout en attrapant une seconde tasse dans le petit meuble derrière le comptoir.

Sandrine s'installa sans façon à côté du comptoir, ôtant son écharpe avec des gestes exagérément dramatiques.

— Les rayons ont encore été réarrangé ? J'ai vu que Zola avait bougé d'un mètre.

Nadine haussa les épaules.

— Il se plaignait d'être trop près du radiateur.

Elles échangèrent un sourire complice. L'espace sembla se réchauffer davantage, comme si la présence de Sandrine ajoutait une lumière supplémentaire à l'atmosphère feutrée.

Nadine vivait dans un monde à l'image de sa librairie : une bulle intemporelle, une parenthèse de douceur et de calme dans un quartier souvent pressé et bruyant. Il y avait quelque chose de rassurant dans la régularité de ses journées, dans la façon dont chaque livre, chaque étagère, chaque objet semblait s'être trouvé une place naturelle. Sa librairie, La Librairie Acacia, était un refuge, un petit havre de paix où les visiteurs espéraient bien plus que des livres : ils y cherchaient un peu d'évasion, de chaleur, parfois de compagnie, ou tout simplement d'un moment de tranquillité.

L'intérieur offrait un mélange vintage et cosy aux murs peints dans des teintes pastel, d'un bleu clair un peu fané et d'un vert d'eau apaisant. Des rideaux en lin léger pendaient aux fenêtres, laissant entrer une lumière douce et filtrée, soulignant la quiétude des lieux. Les étagères en bois clair, patinées par le temps, regorgeaient de livres empilés de manière désordonnée, mais d'une manière qui semblait avoir du sens. Chaque côté de la librairie offrait un petit coin de lecture, une chaise confortable, un fauteuil en velours où l'on s'installait volontiers pour lire quelques pages, se perdre dans un roman ou, parfois, réfléchir. Quelques plantes en pot parsemaient l'espace, ajoutant de la vie à l'atmosphère calme, avec des fougères suspendues, des succulentes sur des étagères en bois rustique et des pots de fleurs colorées qui offraient une touche de fraîcheur.

Il y avait aussi un coin particulier, une petite table ronde où Nadine aimait s'installer pour boire son café, lire un peu de poésie ou simplement observer ses clients, les sourires timides, les regards curieux, les gestes hésitants lorsqu'ils cherchaient le bon livre. À côté, une vieille machine à écrire trônait sur une table en bois massif, un souvenir des années passées, une autre époque qu'elle aimait célébrer à travers des objets qui portaient avec eux une histoire. Des affiches anciennes de littérature française, des reproductions de couvertures de livres classiques, et même quelques portraits en noir et blanc de grands écrivains ornaient les murs.

Peu après le départ de Sandrine, un jeune homme entra, les yeux papillonnants d'incertitude devant les rayons.

Nadine l'observa quelques secondes. Il tournait autour du présentoir comme un papillon perdu.

— Je peux vous aider ?

Il se tourna vers elle, embarrassé.

— Je cherche un livre... pour ma sœur. Elle a dix-sept ans. Elle aime les trucs un peu... profonds, mais pas trop tristes non plus.

Nadine sourit. Elle aimait ce genre de défi.

— Quelque chose comme *Nos étoiles contraires*, mais avec un peu plus de souffle ?

— Voilà, c'est exactement ça, répondit-il, soulagé.

Elle s'éclipsa brièvement vers un rayon et revint avec un ouvrage qu'elle lui tendit.

— C'est poétique, intelligent, mais léger par moments. Ça lui plaira, je pense.

Le jeune homme lut le résumé, hocha la tête.

— Merci. Vous êtes comme une magicienne.

Elle esquissa un sourire, sans répondre. Ce genre de magie, Nadine y croyait encore.

Femme de peu de mots, ses gestes, ses silences et son regard en disaient souvent bien plus que n'importe quelle conversation. Nadine savait écouter les livres, mais elle savait aussi écouter les gens. Elle n'avait pas besoin de grandes paroles pour comprendre ce qui se cachait derrière un regard, une hésitation, une question. Son empathie discrète faisait d'elle non seulement une libraire hors pair, mais aussi une confidente silencieuse. Ses clients, surtout ceux qui venaient régulièrement, savaient qu'ils pouvaient lui confier leurs désirs littéraires les plus fous ou leurs tourments les plus intimes. Elle ne posait jamais de questions. Elle ne jugeait jamais. Elle était simplement là, prête à offrir un livre, une idée, un conseil.

Derrière son apparente austérité, Nadine, pourvue d'un grand cœur, n'avait pas l'âme d'une entremetteuse, mais elle croyait fermement que certains chemins se croisaient pour une raison. Elle avait l'œil pour repérer les petites choses, pour comprendre qui se cachait derrière un regard, derrière un sourire timide ou une hésitation. C'était une question de sensibilité, pareille à celle d'un chef d'orchestre qui devine sans mot quand chaque instrument doit se faire entendre.

Gustave, toujours à ses côtés tel un compagnon de vie, n'était pas un chien comme les autres. Il n'aimait pas courir après les balles ni jouer dans les parcs. Il avait une façon bien à lui de vivre, tranquille, posé, parfois un peu snob. Il suivait Nadine dans chaque recoin de la librairie, son petit corps rond se déplaçant avec une grâce déconcertante pour un chien de sa taille. Ses petites pattes allaient d'étagère en étagère, et lorsqu'il s'arrêtait pour observer un client, ses yeux brillaient d'une curiosité tranquille. Elle savait que Gustave, comme elle, avait un don pour comprendre les gens. Il n'était pas du genre à aboyer ou à se jeter sur les clients, mais il savait instinctivement qui avait besoin de son réconfort et qui préférait l'ignorer. Il passait ainsi ses journées à dormir sous le comptoir, ou bien à se faufiler parmi les clients, flairant discrètement chaque livre qu'ils touchaient. Par un rôle plus discret mais essentiel : il allégeait l'atmosphère. Comme un petit rayon de soleil pour les âmes solitaires, sa présence douce et chaleureuse réconfortait ceux qui traversaient la porte de la librairie. Il semblait toujours savoir qui avait besoin d'un regard tendre, d'un petit câlin furtif ou d'une présence silencieuse. Il se glissait entre les jambes des clients, s'assurait de leur présence en leur lançant un regard un peu curieux, un peu espiègle, avant de se réinstaller confortablement dans son coin. Il n'y avait pas de meilleure image de la tranquillité que de le voir allongé sous la lumière tamisée, un rayon de soleil doré caressant son pelage soyeux.

Auprès de lui, Nadine avait appris à savourer la simplicité et le silence. Elle se sentait bien dans cet univers à elle. Elle n'aspirait pas à beaucoup de choses, juste à l'harmonie. Son rôle de libraire était à la fois une vocation et une passion, une façon pour elle d'entrer en relation avec les autres, sans pour autant avoir à trop se dévoiler. Elle savait parfaitement ce qu'elle leur apportait, mais en retour, elle ne demandait rien. Peut-être un sourire, un regard complice de quelqu'un qui venait de trouver son bonheur, peut-être une conversation en aparté sur un livre récemment découvert. Mais au fond, son bonheur à elle résidait dans les petites choses, celles qui se glissaient doucement dans son quotidien.

La librairie Acacia n'était pas simplement un lieu de vente pour elle, mais aussi un espace où chaque livre avait une place, une fonction, un rôle précis à jouer. Pour elle, c'était un art, une mission presque sacrée, où la moindre décision avait un impact sur l'atmosphère de la boutique. Les livres ouvraient des fenêtres sur d'autres mondes, mais constituaient aussi des refuges où l'on pouvait, pour un temps, se cacher et se retrouver. Elle savait que, même si elle n'avait pas d'aspirations grandioses, elle apportait une touche de magie à ceux qui franchissaient le seuil de sa porte. Elle entretenait cette petite flamme avec soin et fierté.

En fin de matinée, une voix bruyante fendit le calme.

— Livraison pour la plus silencieuse des libraires !

C'était Yann, le livreur régulier, qui entrait avec un diable chargé de cartons.

— Fais attention, il y a du Murakami là-dedans, prévint Nadine sans lever la tête.

Il éclata de rire.

— Je te jure que je vais lui faire traverser le Japon en douceur.

Il déposa les cartons près du comptoir, puis s'appuya contre la caisse.

— Un jour, tu m'apprendras comment tu fais pour que ça sente toujours le printemps ici.

Nadine, un coin des lèvres relevé, se contenta de dire

— Moins de bruit, plus de poésie.

Elle n'ajouta rien, déjà concentrée sur les cartons.

Lorsqu'elle recevait un nouveau stock de livres, elle n'était pas du genre à les empiler hâtivement dans un coin, ni à les placer à la va-vite sur les étagères. Non, chaque ouvrage devait être vu, étudié, compris avant de trouver sa place parmi les autres. Elle gérait les stocks avec un art de la précision, un moment de calme absolu presque méditatif. Elle parcourait chaque carton avec une lenteur calculée, écartant soigneusement les livres un à un, les effleurant comme si chaque couverture avait une histoire à lui raconter. Elle vérifiait le titre, la couverture, l'édition, le résumé au dos, les premières pages. Pas seulement pour contrôler la marchandise, mais pour sentir la vibration unique de chaque livre. Elle adorait cette tâche, et savait que derrière chaque ouvrage se cachait une histoire de vie, un auteur qui avait posé son âme sur papier, que l'impact de ce petit test de classement dépassait largement son apparence banale. C'était son propre acte de création.

Elle changeait la disposition des oeuvres en fonction des saisons, des événements littéraires ou des humeurs qui pouvaient flotter dans l'air. En hiver, les livres d'arts et de photographies étaient mis en avant, tandis que, l'été venu, les romans d'aventure et les récits de voyages prenaient toute la place, invitant les clients à s'évader. Elle créait des mises en scène, jouant avec la lumière, les objets décoratifs, les plantes qu'elle aimait tant. Chaque étagère devenait un petit tableau vivant. Elle n'achetait pas de livres par simple logique commerciale. Chaque ouvrage devait avoir quelque chose de particulier, une résonance qui, selon elle, lui permettrait de trouver sa place dans ce sanctuaire qu'était la librairie. Il devait, selon elle, apporter quelque chose de plus qu'une simple lecture, mais offrir une émotion, un souffle, un éveil. Elle n'hésitait pas à trier, à refuser des titres qu'elle estimait trop commerciaux ou dénués de la qualité qui lui semblait essentielle. Ce lieu n'était pas une boutique ordinaire, mais un temple de l'écrit avec chaque titre comme une pépite soigneusement choisie.

Elle se souvenait de chaque client, ou presque, de chaque conversation qu'elle avait eue. Elle savait quel type de lecture les intéressait, ce qu'ils avaient aimé dans le passé, et c'était souvent elle qui leur proposait des livres sans qu'ils ne s'en rendent vraiment compte. Un regard, une attitude, et elle devinait. Puis elle sortait un ouvrage de sa réserve personnelle, ou allait chercher dans les recoins de la librairie, convaincue que ce recueil pourrait être celui qu'ils cherchaient sans même le savoir.

Certains clients étaient plus complexes. Elle se souvint d'un homme, quelques semaines auparavant, qui était entré sans un mot, les yeux vagues, comme perdu. Il n'avait rien dit, mais elle avait compris tout de suite qu'il était en quête de quelque chose de particulier. Elle l'avait observé longuement, sans intervenir, attendant qu'il se laisse guider par l'un de ses rayons. Lorsqu'il arriva au comptoir pour régler sa trouvaille, le regard de Nadine s'éclaira d'une certaine satisfaction. Ce livre était parfait pour lui. Elle n'avait rien dit, mais elle savait qu'il repartirait avec une réponse à ses questions.

Elle tirait une grande satisfaction de tous ces gestes minutieux et réfléchis. Elle ne se sentait jamais seule dans la librairie. Ses livres, elle les avait choisis pour qu'ils parlent. Et chaque client qui venait, chaque rencontre inattendue, créait une nouvelle histoire qui venait s'ajouter à la sienne. C'était une mission d'âme, une promesse de transmission. Et parfois, à travers un simple geste, une interaction silencieuse avec un client, elle sentait qu'elle accomplissait exactement ce pour quoi elle avait été faite, qu'elle accédait à sa véritable vocation.

Le matin s'étirait tranquillement et la lumière qui se faufilait à travers les rideaux de lin ajoutait une touche de sérénité à l'atmosphère déjà apaisante de la librairie. Le monde à l'extérieur pouvait être agité, rapide, bruyant, mais ici, chaque geste mesuré, chaque mouvement calculé, formait une danse lente où tout avait sa place, et où rien n'était superflu. Gustave, comme toujours, se prélassait à ses pieds, profitant de la douceur du rayon réchauffé par le soleil. Il ouvrit un œil, jeta un coup d'œil distrait à la libraire, avant de retourner à son sommeil paisible. Nadine, quant à elle, assise sur un tabouret en bois, une pile de livres devant elle, les parcourait rapidement du regard, s'assurant de leur bon état avant de les disposer dans leur section respective. Elle s'arrêta un instant sur un ouvrage qu'elle tenait entre ses mains, un roman qu'elle avait lu il y a des années, mais dont le souvenir restait toujours aussi vivant dans son esprit. Elle sourit doucement, se perdant quelques instants dans ses souvenirs, avant de reprendre son travail.

La clochette de la boutique tinta doucement. Anna entra, l'air fatigué mais déterminé, un carnet serré contre elle.

Elle avait cette présence qui captait immédiatement l'attention, dégageait une chaleur lumineuse, comme si chaque geste, chaque sourire, portait une part d'énergie vive. Pourtant, derrière cette aura solaire, une certaine fatigue transparaissait sur ce visage encadré par des boucles brunes légèrement indisciplinées. Sa dernière rupture laissait des traces, visibles dans la manière dont elle baissait parfois les yeux, comme si elle cherchait à reprendre son souffle. Ses yeux expressifs laissaient deviner un mélange de vivacité et de douceur : elle n'était pas de celles qu'on ébranle facilement. Sous ses airs calmes se cachait une volonté ferme, presque implacable, de ne jamais laisser les épreuves dicter sa vie. Passionnée et profondément humaine, elle avançait avec une détermination tranquille, portée par des idéaux qu'elle ne trahissait jamais. Elle avait ce rare équilibre : capable d'une grande délicatesse, mais jamais naïve. On sentait en elle une résilience tenace, comme une flamme qu'aucun vent n'éteindrait.

Nadine leva les yeux, et son regard se posa sur la silhouette familière de la jeune femme. Anna, pourtant l'une des clientes régulières de la librairie, n'était pas la plus bavarde. Elle avait cette manière un peu réservée de se déplacer, comme si elle cherchait constamment à se fondre dans la foule sans attirer l'attention. Nadine la remarquait toujours, non seulement pour ses choix littéraires, mais aussi pour cette sorte de tristesse douce qui semblait l'habiter.

Anna traversa la boutique d'un pas tranquille, s'arrêtant devant un rayon où Nadine savait que les romans contemporains étaient bien agencés. La libraire observa la scène avec discrétion. Elle la connaissait depuis quelques mois maintenant et avait appris à cerner certains de ses goûts. Elle était particulièrement attirée par les histoires d'amour mais aussi par les récits de développement personnel. Nadine n'était pas du genre à poser des questions sur la vie intime de ses clients, mais parfois, elle ne pouvait s'empêcher de se demander si ces livres ne constituaient pas un moyen pour Anna de se guérir d'une blessure invisible, mais bien réelle.

Nadine se leva de son tabouret, les livres rangés, et se dirigea doucement vers Anna. Elle lui adressa un sourire léger, accompagné de quelques mots.

— Bonjour, Anna. Vous cherchez quelque chose en particulier aujourd'hui ?

Anna sursauta légèrement, puis tourna lentement la tête vers Nadine, un sourire timide aux lèvres.

— Oh, bonjour Nadine, répondit-elle doucement.

— Je pensais peut-être à un nouveau roman, quelque chose de... réconfortant.

Nadine acquiesça d'un signe de tête et se dirigea vers le rayon des romans d'amour et de bien-être. Elle connaissait cette demande par cœur, mais elle savait aussi que chaque fois qu'Anna venait chercher ce genre de livres, elle n'était jamais réellement en quête d'une simple lecture. Non, elle souhaitait quelque chose de plus profond, de plus silencieux, une forme de recherche voilée, imperceptible, qu'elle espérait encore trouver, peut-être sans le savoir. En arrivant devant le rayon, Nadine parcourut rapidement les couvertures, touchant quelques livres du bout des doigts avant de s'arrêter sur un titre particulier. Elle en sortit un roman au titre évocateur, Les

Cicatrices du Temps, un récit sur une femme qui, après une rupture douloureuse, apprend à se reconstruire en s'immergeant dans un voyage intérieur et littéraire. Nadine le feuilleta brièvement avant de le tendre à Anna.

— Celui-ci pourrait vous plaire. C'est une histoire d'amour, mais aussi de guérison. Très doux, mais puissant.

Anna leva les yeux vers Nadine, une expression d'intérêt flottant sur son visage.

Elle prit le livre entre ses mains, l'examina un instant avant de le glisser dans son sac.

— Je vais le prendre, merci, dit-elle en esquissant un sourire qui semblait sincère.

Nadine la regarda partir, se demandant si, un jour, Anna finirait par trouver ce qu'elle cherchait. Peut-être que ce livre, ou un autre, l'y aiderait. Elle le souhaitait en tout cas. Pour le moment, elle se contentait de faire son travail, de guider ses clients dans leurs choix, tout en sachant qu'à chaque livre qu'elle leur conseillait, elle leur offrait un peu de son cœur.

La matinée s'éteignait doucement, et la librairie semblait devenir plus calme encore, les clients se faisant rares, laissant place à l'intimité des lieux. Nadine se laissa aller à ses réflexions, à ses pensées qui voguaient de l'une à l'autre comme les pages d'un livre qui se tourne sans fin. Mais sa concentration fut à nouveau perturbée lorsqu'une autre silhouette fit son entrée dans la librairie. Cette fois, c'était un homme : Félix.

Ce nom, Nadine le connaissait bien. Il venait à la librairie de manière sporadique, pas aussi régulièrement qu'Anna, mais assez souvent pour qu'elle remarque ses habitudes. Ni habitué du rayon romantique, ni même de la littérature contemporaine, il possédait des choix plus éclectiques, avec un gout particulier pour les polars saisissants, les romans de psychologie et les histoires de voyages. Il paraissait solitaire, son regard parfois lointain, comme s'il portait avec lui un fardeau invisible.

Ses cheveux bruns, légèrement en bataille, une barbe discrète mais soignée soulignait les contours de sa mâchoire, ajoutant une maturité subtile à son visage. Derrière ses grands yeux verts, Félix semblait être une énigme. Gentil, presque à l'excès, il possédait une sensibilité particulière, une douceur qui le rendait naturellement proche des animaux, mais paradoxalement distant des humains. Son lien avec les autres était souvent superficiel, non par manque d'intérêt, mais par une incapacité à vraiment s'ouvrir. Il portait le poids d'un schéma familial complexe : un père absent dont le silence avait laissé une béance, et une mère dont l'amour, trop étouffant, l'avait parfois asphyxié. Ces blessures l'avaient façonné, le rendant méfiant et souvent sur la défensive, même face aux mains tendues.

Sous ses airs de jeune homme léger et affable se cachait une personnalité bien plus dense. Félix oscillait entre un désir sincère d'être compris et une peur viscérale d'être jugé. Il se réfugiait dans des passions solitaires – la photographie, la lecture, et surtout les animaux, qu'il considérait comme ses alliés dans un monde trop bruyant. Malgré ses barrières, ceux qui parvenaient à gratter la surface découvraient un esprit brillant, à la fois lucide et marqué par une quête désespérée de paix intérieure.

Nadine n'eut pas besoin de plus de temps pour se rendre compte que la rencontre entre Anna et Félix, bien qu'improbable, pourrait être une belle opportunité. Peut-être que le temps ferait enfin son œuvre et que la vie, dans ses caprices, les amèneraient tous deux à ce carrefour particulier. Elle se surprit à observer Félix du coin de l'œil, un sourire discret aux lèvres. Une idée germa dans son esprit. Et si elle décidait de brusquer le destin, à sa manière, pour lier deux âmes en demande ? Mais elle savait, mieux que quiconque, que le destin se tissait lentement, sans brusquerie, et qu'il lui appartenait de nourrir cette rencontre d'une manière aussi subtile que les pages d'un livre que l'on tourne lentement, une à une.

Dans l'après-midi, entre deux visites, Nadine sortit son carnet de recommandations. Elle aimait y inscrire ses "coups de cœur" du moment, qu'elle plaçait ensuite sur des fiches dans les rayons.Elle ouvrit une page blanche et commença à écrire en lettres rondes :

"À lire avec un plaid et une tasse de thé : une histoire d'amour entre deux solitudes qui se frôlent sans jamais se heurter. Idéal pour ceux qui croient encore aux secondes chances. »

Elle signa "Nadine", puis glissa la fiche à côté du roman sur une petite étagère décorée de feuilles d'automne séchées.

2

ON N'ATTRAPE PAS LES MOUCHES AVEC DU VINAIGRE

Anna n'avait jamais pris le bonheur comme acquis. Elle avait toujours su qu'il était beau, doux, mais tellement frivole.

Depuis sa plus tendre enfance, l'amour lui avait toujours été présenté comme un objectif de vie, ce à quoi il fallait absolument tendre, ce graal sans quoi la vie ne ressemblait qu'à un vaste océan amer.

Après avoir grandi, telle Madame Bovary, dans une vision aussi stéréotypée que fausse de ce à quoi devait ressembler sa vie sentimentale, elle avait essuyé les déceptions multiples et variées d'une amoureuse de l'amour en 2025. Sérieusement, vous ne trouvez pas que les gens consomment l'amour comme un mètre de shooter ? L'un après l'autre. Vous n'avez même pas le temps de ressentir le goût de l'un que vous engloutissez l'autre. Vous jugez le shooter sur son aspect extérieur et sur le goût de la première seconde sans tenter d'explorer sa profondeur, son relief.

Bref, vous l'aurez compris, Anna est une amoureuse de l'amour qui subit les déboires d'une société trop peu romantique à son goût. Vous vous investissez, donnez de votre temps, de votre argent (ce n'est pas gratuit un date, hein) pour se prendre en pleine figure un « C'est terminé ». Trois mots, onze lettres, et vingt secondes plus tard, vous passez d'un amour naissant à un énième célibat insupportable.

Parfois, il ne fallait presque rien pour sourire et croquer la vie à pleines dents, comme on le ferait avec une pomme bien verte et juteuse. Pourtant, certains jours plus monotones transformaient le moindre petit effort de socialisation en obstacle infernal. Son humeur de la journée marchait un peu comme un pile ou face au réveil.

Cette journée-là avait pourtant bien commencé. Anna s'était réveillée avec une envie farouche de conquérir le monde. Vous savez, cette sensation bien particulière qui nous pousse à croire en tous les projets – aussi fous soient-ils – qui peuvent nous passer par la tête, ce désir de montrer au monde entier de quoi nous sommes capables. Une belle journée de mai commençait sous un ciel bleu couvert de quelques nuages mais un doux soleil. Des branches fleuries flottaient dans les airs et dansaient grâce à la fraîche brise de vent. Une rupture déchirante brisait son cœur en mille morceaux, bien plus que ce qu'elle laissait paraître. Sa dévorante envie d'aller mieux, couplée à une volonté de vite tourner la page, l'avait conduite à des tumultes et déboires amoureux dignes d'une comédie romantique américaine !

Les derniers mois avaient été rudes, difficiles à encaisser. Elle attendait avec impatience le moment où son existence pourrait se remettre sur les bons rails, cet instant où sa vie ne serait plus qu'un amas de mauvaises décisions empilées les unes sur les autres. Après un énième réveil à midi, révélateur de la petite dépression insidieuse et sournoise qu'elle vivait, elle s'était dit qu'il fallait enfin changer les choses et prendre le taureau par les cornes. Sans attendre, elle s'était munie d'un stylo et d'un joli carnet afin d'élaborer sa to-do list quotidienne. Un petit rond devant chaque tâche pour pouvoir la cocher une fois réalisée, un peu d'inspiration pour émettre une liste de toutes les choses qu'elle avait remises au lendemain ces dernières semaines et le tour était joué.

Ses notes du jour étaient nombreuses. Comme d'habitude, elle pouvait rester enfermée au lit pendant une semaine et se motiver une journée durant pour réaliser l'ensemble des tâches procrastinées. Cette dense journée commença donc à quatorze heures par un grand ménage de son nid, la saleté et la poussière commençaient à devenir des colocataires de taille. Comme on dit, pour se sentir bien dans sa tête, quoi de mieux que de mettre de l'ordre dans son intérieur ? Ni une ni deux, elle retroussa ses manches – façon de parler car elle était vêtue d'un débardeur et d'un petit short – et se mit au travail.

Après plusieurs heures de dur labeur pour refaire de cet appartement un havre de paix jusqu'alors disparu, elle contempla l'étendue de sa tâche, fière d'elle. Ces quelques heures d'efforts méritaient bien une pause syndicale, non ? Assise dans son canapé, elle swipait de gauche à droite sur Tinder, espérant y retrouver un peu de confiance en elle après une séparation aussi douloureuse que dévastatrice.

Anna leva les yeux de son téléphone et soupira. L'application de rencontre n'avait rien d'excitant aujourd'hui, juste un défilé de visages anonymes avec des sourires figés et des bios plus vides que son réfrigérateur. Elle balança son portable sur le canapé et se laissa tomber en arrière, observant son salon baigné d'une douce lumière.

Le soleil de fin d'après-midi se faufilait à travers les rideaux en voile blanc, projetant des motifs dansants sur ses murs crème. Le salon était son petit cocon, un espace façonné à son image : apaisant, chaleureux, et légèrement bohème. Des plantes en suspension pendaient près des fenêtres, leurs feuilles caressant presque le verre. Une étagère en rotin soutenait fièrement une collection de pots en terre cuite et en céramique, chacun abritant une verdure luxuriante. Au centre de la pièce, une table basse en bambou naturel trônait sur un tapis moelleux couleur ivoire, si doux qu'on aurait dit marcher sur un nuage. Sur le canapé beige recouvert d'un plaid en tricot et orné de coussins pastels, Anna s'installait souvent avec un bon bouquin ou une tasse de thé.

Anna attrapa son livre du moment, un roman où les personnages se rencontraient par hasard et tombaient amoureux sans swipe, sans ghosting, sans ce fichu « vu à 21h03 ». La littérature était son échappatoire, son point d'ancrage. Elle aurait voulu que la vie ressemble à une de ces belles histoires. Peut-être était-ce pour cela que l'idée d'ouvrir une boutique de fleurs lui trottait dans la tête depuis si longtemps.

Un espace à elle, empli de couleurs et de senteurs, loin de la grisaille de son bureau sans âme. Mais pouvait-elle vraiment abandonner un travail stable pour un rêve aussi incertain ?

Elle se souvenait encore du jour où cette idée avait germé. Petite, elle passait ses mercredis après-midi dans la boutique de fleurs de sa grand-mère, à confectionner des bouquets imaginaires avec des tiges cassées et des pétales tombés. L'odeur du jasmin et des roses, le contact rugueux des feuilles, et le sourire des clients lorsqu'ils repartaient avec un bouquet l'avaient marquée à jamais. Plus tard, ce souvenir s'était transformé en aspiration, mais la vie, avec ses responsabilités et ses compromis, avait mis ce rêve de côté.

Pourtant, assise derrière son bureau sans âme, elle sentait chaque jour un peu plus ce manque grandir en elle, comme un vide impossible à combler. Tout ici lui semblait terne. Les dossiers aux couleurs fades, les chiffres impersonnels qui défilaient sur son écran, les discussions sans saveur autour de la machine à café... Rien ne parvenait à éveiller cette étincelle qui autrefois l'animait. Sa personnalité pétillante semblait s'étioler dans cet univers trop rigide, trop carré pour son esprit créatif.

Elle étouffait sous le poids de cette routine bien huilée, où chaque journée ressemblait à la précédente, où chaque tâche n'était qu'une répétition morne de la veille. Parfois, elle se surprenait à rêver les yeux ouverts, esquissant mentalement des bouquets flamboyants de pivoines et de dahlias. Puis la sonnerie du téléphone la ramenait brutalement à la réalité : des rendez-vous à caler, des comptes-rendus à taper. Des tâches mécaniques qui ne lui laissaient aucune place pour imaginer, inventer, s'exprimer.

Mais l'incertitude la paralysait. Et si elle échouait ? Si son rêve ne suffisait pas à faire tourner une boutique ? Le monde des affaires lui semblait impitoyable. Là où elle se trouvait, tout paraissait stable, prévisible. Un salaire qui tombait à date fixe, des horaires bien cadrés, une sécurité confortable. Pouvait-elle vraiment tout abandonner pour un projet aussi incertain ?

Elle avait peur. Peur de décevoir, peur de regretter, peur de tout perdre pour une passion qui ressemblait peut-être à un caprice. Et puis, que diraient les autres ? Sa famille, ses amis, ses collègues... Elle les entendait déjà murmurer qu'elle était folle de vouloir quitter un poste aussi enviable. Après tout, elle avait réussi, non ? Un bon job, un bureau à elle, des responsabilités. Alors pourquoi ce sentiment d'être passée à côté de sa vie ?

Anna se sentait piégée, déchirée entre deux mondes : celui de la sécurité et de la stabilité, et celui de la liberté et de la créativité. Combien de temps encore pourrait-elle ignorer cet appel qui résonnait en elle, comme un murmure persistant qui lui rappelait qu'elle n'était pas à sa place ?

Elle se perdait dans ses pensées entremêlées de doutes et de peine. Elle appréciait particulièrement le calme de la nuit, la quiétude du soir, lorsque le coucher du soleil transformait les murs en une toile d'ombres et de lumière, et que le doux parfum de ses bougies à la lavande embaumait l'air. Mais ce soir-là, le charme de son refuge ne suffisait pas à apaiser son esprit.

Après avoir passé la journée de la veille à remettre de l'ordre dans son cocon, Anna se réveilla tôt afin de s'oxygéner et de profiter au maximum de cette belle journée. Ce matin-là, l'air doux de mai la poussait hors de son appartement. Elle enfila une robe légère, attrapa un sac en osier et lança un podcast dans son casque. Sur elle, les bienfaits de la marche n'étaient plus à prouver, elle savait la paix intérieure que cela lui apportait. Elle avait toujours aimé flâner dans les rues de Bordeaux. La ville s'éveillait lentement, laissant place à un ballet d'éclats de rires et de conversations emportées par le vent. Les rues pavées, bordées d'immeubles à la pierre blonde, reflétaient la lumière du soleil, offrant un éclat particulier à chaque recoin.

Elle s'arrêta devant une petite boulangerie artisanale. À travers la vitrine, les viennoiseries dorées s'alignaient sagement, tandis qu'un doux parfum de beurre et de sucre flottait dans l'air. Incapable de résister, elle poussa la porte, acheta un croissant et reprit sa marche, savourant chaque bouchée.

En remontant la rue Saint-James, ses pas la menèrent à une série de commerces indépendants qu'elle affectionnait particulièrement. La première était une épicerie fine, où des bocaux d'épices multicolores côtoyaient des bouteilles d'huile d'olive aux étiquettes dessinées à la main. Plus loin, une boutique de céramiques exposait des tasses et des assiettes délicatement peintes, parfaites pour un intérieur empreint de charme et de douceur.

Anna s'arrêta net devant la devanture d'une petite librairie qu'elle adorait : la Librairie Acacia. La façade semblait tout droit sortie d'un conte de fées, avec ses volets vert menthe et ses jardinières débordant de fleurs suspendues. De délicates guirlandes lumineuses encadraient les larges fenêtres, où s'empilaient des livres aux couvertures délicatement travaillées.

Elle entra, immédiatement enveloppée par une odeur rassurante de papier et de bois ancien. Nadine, la propriétaire, installée là, derrière le comptoir, portait ses éternelles lunettes rouges et un sourire énigmatique.

— Anna ! Quelle surprise. Vous venez chercher de quoi vous évader aujourd'hui ? demanda Nadine en caressant son corgi.

— Toujours, répondit Anna avec un sourire. Vous avez reçu quelque chose qui pourrait m'inspirer ?

Nadine lui tendit un roman qui semblait être exactement ce dont Anna avait actuellement besoin.

— Celui-ci m'a fait penser à vous, dit-elle, un éclat malicieux dans le regard.

Anna hocha la tête, prête à lui faire confiance, et acheta l'ouvrage. Avant de partir, elle parcourut encore un moment les rayonnages, admirant les couvertures colorées et feuilletant les pages de vieux classiques. La Librairie Acacia avait ce pouvoir rare de lui faire oublier le temps.

Avec son nouveau livre sous le bras, Anna se dirigea vers la place du Parlement pour retrouver Idoïa et Suzanne autour d'un verre de vin sur la terrasse d'un bar. La douce lumière des lampadaires réchauffait l'atmosphère, et les rires des passants ajoutaient une touche de légèreté à cette soirée de mai. Ses amies l'écoutèrent avec attention, hochant la tête à chaque doute, chaque hésitation. La terrasse du petit bar qu'elles avaient choisi offrait une vue imprenable sur la place animée. Autour d'elles, des groupes d'amis partageaient des planches de charcuterie, des familles riaient, et un artiste, non loin, chantait quelques tubes folk accompagné de sa guitare.

Suzanne dégageait un charme pétillant et une douceur naturelle. Son visage rond, encadré par des mèches de cheveux bruns savamment désordonnées, donnait l'impression qu'elle sortait tout droit d'une illustration. Ses grands yeux noirs, cachés derrière des lunettes épaisses au style rétro, semblaient scruter le monde avec curiosité et bienveillance. Sa peau claire, légèrement rosée sur les joues, ajoutait une touche de chaleur à son apparence.

Elle portait souvent un chignon négligé, fait à la va-vite mais qui lui allait à merveille, renforçant cette allure de simplicité élégante qu'on lui reconnaissait. Suzanne avait aussi ce petit quelque chose d'unique : une aura réconfortante, comme un livre que l'on relit pour se sentir bien. Ses vêtements formaient un mélange de confort et de charme vintage, comme cette veste en laine couleur cannelle qu'elle adorait, ornée de petits motifs étoilés discrets.

Ce qui frappait, au-delà de son apparence, c'était sa manière de sourire, un sourire sincère, qui illuminait tout autour d'elle. Suzanne, une amie si précieuse, se montrait capable de transformer une simple conversation en un moment inoubliable par sa présence lumineuse et son esprit malicieux.

Idoïa, elle, dégageait une élégance naturelle, une aura chaleureuse qui attirait immédiatement les regards. Ses cheveux blonds cendrés, doux et légèrement ondulés, encadraient son visage avec grâce, tombant sur ses épaules comme une cascade lumineuse. Elle portait toujours une raie au milieu, accentuant la symétrie parfaite de ses traits. Ses grands yeux verts pétillants semblaient capter la lumière, leur éclat souligné par une pointe d'espièglerie. Ils reflétaient une personnalité vive, pleine de curiosité et de malice.

En la voyant, on devinait immédiatement le caractère bien trempé qui transparaissait derrière son joli visage. Elle était de celles qui intriguent, inspirent, et laissent une empreinte inoubliable.

— Alors, raconte, dit Idoïa en la regardant avec sollicitude. Toujours dans le doute avec ton boulot ?

Anna soupira, jouant distraitement avec la tranche d'orange dans son verre.

— C'est compliqué. J'ai envie de quelque chose de différent, tu sais ? Je rêve d'un endroit à moi, d'une boutique où je pourrais créer, être entourée de fleurs... Mais est-ce que c'est réaliste ? Abandonner un CDI pour un rêve un peu flou ?

Idoïa haussa les épaules, Suzanne ne disait pas grand chose mais n'en pensait pas moins.

— Peut-être que ce n'est pas réaliste, mais depuis quand tu laisses la peur décider pour toi ? Tu es passionnée, Anna. Tu ne peux pas passer ta vie à te demander "et si". Essaie au moins. Trouve un moyen de tester l'idée avant de tout lâcher. Tu ne seras jamais satisfaite si tu ne te donnes pas une chance. Tu sais, Anna, on n'attrape pas les mouches avec du vinaigre. Si tu veux autre chose, il faut que tu oses aller le chercher, dit Idoïa avec un sourire encourageant en jouant avec la tige de son verre.

— Et puis, rien ne t'oblige à tout lâcher d'un coup. Tu peux commencer petit à petit, tester ton idée, comme un projet parallèle. Mais si tu ne fais rien, tu risques de le regretter, ajouta Suzanne, en croisant les jambes et en appuyant son menton sur sa main.

Anna resta silencieuse un moment, absorbée par leurs paroles. La vérité de leurs propos la frappait de plein fouet. Elle savait qu'elle avait toujours trouvé des excuses pour ne pas passer à l'action. Le manque de courage, l'incertitude… mais leurs encouragements la poussaient à envisager les choses différemment.

Suzanne reprit avec un éclat espiègle dans les yeux.

— Imagine-toi dans ta boutique, entourée de fleurs. Tu serais rayonnante, Anna. Ce serait tellement toi.

— Et tu pourrais même organiser des ateliers floraux ! Les gens adoreraient ça, ajouta Idoïa avec enthousiasme.

Les mots de ses amies encouragèrent Anna et la touchèrent en plein cœur. Elle savait que Suzanne et Idoïa avaient raison. Elle but une gorgée de son verre, réfléchissant à la façon de transformer ses envies en projets concrets. Leurs mots résonnèrent en elle, comme un mélange d'espoir et d'appréhension. Était-elle prête à tout changer ? Cette simple question continua de danser dans son esprit bien après que leurs verres se soient vidés, à l'instar de la terrasse.

La conversation dériva bientôt vers d'autres sujets : les derniers potins, une série Netflix qu'elles avaient toutes les trois adorée, et quelques anecdotes hilarantes sur leurs collègues de travail respectifs. Malgré tout, l'idée d'une boutique de fleurs restait ancrée dans l'esprit d'Anna, comme une petite étincelle prête à devenir un feu de joie.

Lorsqu'elles se quittèrent, la nuit déjà tombée sur Bordeaux, brillait de mille feux. Anna rentra chez elle, le cœur un peu plus léger et l'esprit chargé d'idées. Peut-être que, finalement, elle n'était pas si loin du bonheur qu'elle cherchait désespérément.

Arrivée chez elle, l'appartement lui sembla soudain trop silencieux, presque oppressant. Elle se servit une tasse de tisane, espérant calmer l'agitation dans sa poitrine, mais à peine s'installa-t-elle sur le canapé que les souvenirs affluèrent.

Leur séparation datait de six mois, depuis ce dîner où tout s'était effondré. Ils étaient assis à leur table habituelle, dans ce petit restaurant italien où ils allaient pour fêter les anniversaires ou simplement fuir la routine. Mais ce soir-là, ses yeux et son esprit étaient déjà ailleurs.

— Je pense qu'on ne veut pas les mêmes choses avait-il dit, son ton calme tranchant comme une lame. Tu es tellement... dans ton monde, Anna. Avec tes livres, tes rêves. Moi, je veux du concret.

Concret. Ce mot l'avait hantée pendant des semaines. Elle se souvenait de l'amertume dans sa voix lorsqu'elle avait tenté de comprendre. Elle avait retourné la scène dans sa tête, cherchant à comprendre ce qu'elle aurait pu dire ou faire différemment. Mais en réalité, leur histoire était vouée à l'échec bien avant ce dîner. Elle était une idéaliste, une rêveuse, lui un pragmatique. Là où elle voyait un champ de possibles, il voyait une perte de temps.

Anna décida de prendre son carnet pour y voir plus clair. Écrire avait toujours été sa manière de mettre de l'ordre dans ses pensées. Sur une page vierge, elle traça une ligne au centre. D'un côté, elle nota "Ce que je veux". De l'autre, "Ce que je dois laisser derrière".

Dans la colonne des désirs, elle écrivit sans hésiter : ouvrir ma boutique de fleurs. Elle ajouta aussi : voyager seule, reprendre le yoga, lire 13 livres cette année, apprendre à jouer de la guitare.

Dans l'autre colonne, elle hésita. Laisser derrière ses peurs, ses doutes, mais aussi... cette habitude de chercher souvent une validation des autres. Et lui, bien sûr. Il fallait qu'elle le laisse derrière, lui et ses attentes concrètes.

Elle passa le reste de la soirée à organiser ses idées, un léger sourire sur les lèvres. Peut-être qu'Idoïa avait raison. Peut-être que le bonheur, ce bonheur qu'elle avait toujours trouvé frivole, se trouvait dans ces petits pas vers elle-même.

3

Manigances et malentendus

Anna venait à la librairie, plus souriante, plus légère cette fois. Que se passait-il dans sa vie pour que ce bonheur égaie ainsi son visage ? Avait-elle rencontré quelqu'un ? Etait-elle enfin prête à laisser l'amour entrer dans sa vie ? Etait-ce à elle de jouer les entremetteuses entre ces deux clients fidèles ? Elle était libraire, pas marieuse… Nadine supputait, se questionnait, puis se dit qu'il était temps de mettre son plan en action, LE plan. L'appel de la curiosité et de la charmante malice était plus fort que la raison.

Elle avait laissé au destin quelques semaines pour faire son œuvre, à elle maintenant de prendre les choses en main. Elle savait que la tâche qui l'incombait était grande, mais elle sentait en elle la mission de réunir les deux futurs tourtereaux.

Elle s'affairait derrière son comptoir, son téléphone à la main, peaufinant le premier acte de son stratagème. Elle inspira profondément, ses doigts hésitaient une dernière fois au-dessus de l'écran, mais pas question de tergiverser. Elle appuya sur "envoyer".

"Votre commande est arrivée. Vous pouvez passer la récupérer aujourd'hui avant 18h. À très vite ! -votre libraire dévouée »

Elle l'expédia simultanément à Anna et à Félix, puis déposa son téléphone en soufflant. Le sort était jeté. Son coeur battait plus vite qu'elle ne l'aurait voulu, il ne lui restait plus qu'à attendre. Ils allaient se retrouver ici, par hasard, au détour d'une étagère ou en patientant au comptoir. L'occasion parfaite pour déclencher une conversation, un échange, une étincelle.

À 17h15, Nadine, le cou tendu, jeta un regard furtif par la vitrine. Une silhouette familière approchait. Anna, sac en bandoulière, l'air détendu, avançait d'un pas léger. Ses cheveux flottaient derrière elle, comme animés d'une joie discrète. Elle poussa la porte et la cloche tinta doucement.

— Bonjour Nadine !

Elle paraissait radieuse. Depuis quelques jours, Anna se sentait plus légère, comme si un poids invisible s'était envolé. Sa dernière lecture après l'avoir bouleversée, lui redonnait un élan d'optimisme, tout comme les derniers échanges avec ses amies quelques jours plus tôt. Elle sentait, sans trop savoir comment, que son bonheur était en chemin. Elle se plaisait à flâner dans la librairie, à savourer cette atmosphère apaisante.

Nadine lui sourit, tout en jetant un coup d'œil nerveux à l'horloge derrière elle.

17h20.

Félix devait arriver d'une minute à l'autre.

— Ta commande est prête, je vais te la chercher !

Anna hocha la tête et, plutôt que d'attendre au comptoir, s'aventura entre les rayons. Elle effleura les couvertures du bout des doigts, feuilleta un livre ici et là, perdue dans son univers.

17h25.

Toujours pas de Félix.

Nadine s'efforça de masquer son impatience, tapotant nerveusement sur le bois du comptoir. Comment faire patienter Anna le temps de son arrivée ? Il lui fallait user de stratagèmes pour que son plan résiste aux caprices du destin.

17h30.

Rien.

Nadine sentait la tension grimper en elle, comme une corde trop tendue prête à rompre. Ses doigts tapotaient nerveusement le comptoir, rythmés par l'inquiétude qui commençait à l'envahir. Le plan semblait pourtant parfait sur le papier. Pourquoi Félix n'était-il pas encore là ?

Elle jeta un coup d'œil à Anna, qui continuait de flâner parmi les étagères, insouciante, le regard rêveur. Elle prenait son temps, parcourant les rayons avec cette douceur qui lui était propre. Anna s'arrêta un instant devant un recueil de poésies, Lait et Miel de Rupy Kaur, elle sourit en lisant un passage, puis le reposa délicatement.

Nadine la regardait faire, à la fois attendrie et frustrée. Comme une évidence, elle savait Anna et Félix faits pour se rencontrer. Ils partageaient cette même sensibilité, ce goût pour les mots, cette manière de sourire avec leurs yeux. Nadine se persuadait que, comme deux âmes soeurs, ils ne demandaient qu'à se trouver.

Mais le destin, ou plutôt le retard de Félix, semblait en décider autrement. Nadine fit mine de ranger quelques livres sur le comptoir, jetant des coups d'œil impatients vers la porte.

Elle entendait le tic-tac de l'horloge, chaque seconde devenant un rappel cruel de l'échec imminent de son plan.

17h35.

Félix se fait attendre.

Le cœur de Nadine se serra. Elle pouvait presque entendre la petite voix du doute chuchoter à son oreille : et s'il ne venait pas ? Et si son plan, si méticuleusement préparé, tombait à l'eau ?

Elle prit une inspiration pour calmer son impatience, refusant de se laisser abattre. Après tout, ce n'était que la première tentative. Si ça ne fonctionnait pas aujourd'hui, elle trouverait un autre moyen, une autre situation, un autre stratagème : elle était tenace. L'amour méritait bien quelques efforts.

Nadine jeta un énième regard à l'horloge.

17h40.

Les aiguilles semblaient avancer à une lenteur cruelle, comme pour lui rappeler l'échec cuisant de ses manigances. Une chaleur désagréable lui monta aux joues. Elle sentait l'humiliation pointer, cette sensation sournoise qui serre la gorge et brûle les yeux. Pourtant, elle ravala cette émotion d'un geste vif, serrant les dents pour ne pas céder à la panique.

Anna, de son côté, continuait de déambuler dans la librairie, détachée du tumulte intérieur de Nadine. Elle s'arrêta devant un rayon consacré à la philosophie et sortit un ouvrage à la couverture sobre. Elle en caressa le dos avec une délicatesse infinie, comme si le simple contact du papier pouvait la transporter ailleurs. Un léger sourire effleura ses lèvres. Elle ouvrit le livre, et son visage s'illumina à la lecture d'une phrase. Elle aimait ces moments volés au temps, où le monde s'effaçait pour ne laisser place qu'aux mots.

Nadine sentit son cœur se serrer en la voyant ainsi. Anna avait cette grâce aérienne, cette capacité à se plonger dans un ailleurs où rien ne pouvait l'atteindre. Mais ce sourire… Ce sourire-là n'était pas destiné à Félix, ni même à un souvenir. C'était un bonheur présent, pur et simple. Nadine sentit le doute l'assaillir à nouveau : se pouvait-il qu'Anna soit amoureuse de quelqu'un d'autre ? Cette pensée lui fit l'effet d'un coup de poignard. Non, ce n'était pas envisageable. Félix était celui qui lui correspondait. Nadine en était convaincue. Mais pour cela, il fallait qu'il se montre.

17h45.

L'angoisse se transforma en rage contenue. Où se trouvait-il ? Que pouvait-il bien faire de si important pour manquer cette occasion parfaite ? Elle aurait dû l'appeler, s'assurer qu'il viendrait. Trop sûre de son plan, elle avait laissé une place trop grande au hasard. Quelle idiote !

Anna referma le livre avec un soupir léger, comme si elle quittait un rêve. Elle le replaça soigneusement sur l'étagère, ses doigts traînant un instant sur la tranche avant de reculer. Puis elle fit demi-tour, ses pas feutrés résonnant doucement sur le parquet.

— Nadine ? Vous avez trouvé ma commande ?

Elle sursauta, se forçant à afficher un sourire chaleureux pour cacher sa nervosité. Elle avait fait croire à Anna qu'elle ne retrouvait plus son achat afin de la maintenir à la boutique plus longtemps, en vain.

— Oui, bien sûr ! La voici.

Elle lui tendit son paquet, ses mains tremblantes trahissant son agitation. Anna ne remarqua rien, toujours flottante dans son univers bien à elle.

— Merci beaucoup, Nadine. À chaque fois que je viens ici, je repars avec l'impression d'avoir trouvé un trésor.

Ses mots résonnèrent ironiquement aux oreilles de Nadine. Le trésor qu'elle espérait qu'Anna trouve aujourd'hui n'était pas fait de papier et d'encre, mais de chair et de sentiments. Et ce trésor-là n'avait pas daigné se montrer. Tous pareils ces hommes finalement, se disait-elle.

17h50.

Anna resserra la bandoulière de son sac, prête à partir. Nadine la regarda s'approcher de la porte, chaque pas résonnant comme un glas. La cloche tinta doucement alors qu'Anna sortait de la librairie. Nadine sentit la lourde déception écraser ses épaules.

Quelques secondes plus tard, la porte s'ouvrit à nouveau. Un frisson d'espoir la traversa, aussi vif qu'inattendu. Félix ?

Mais ce n'était qu'un client venu chercher un livre réservé. Elle sentit ses épaules s'affaisser, sa respiration se bloquer. Elle s'occupa du client machinalement, ses gestes automatiques, son esprit ailleurs.

18h05.

Nadine s'appuya contre le comptoir, le regard perdu devant la librairie vide à présent. Pourquoi Félix n'était-il pas venu ? Avait-il oublié ? Ne mesurait-il pas l'importance de cette rencontre ? Nadine sentit la colère monter. Comment pouvait-il être aussi insouciant ?

Elle attrapa son téléphone, ses doigts courant nerveusement sur l'écran. Aucun message de Félix. Rien. Pas une excuse, pas un mot. La colère se mua en tristesse. N'était-il pas intéressé par Anna ? Nadine se sentait démunie. Tout lui échappait. Elle s'était tellement investie, avait tout planifié, et en un instant, tout s'était écroulé.

Dehors, le jour s'éteignait petit à petit, teintant la rue de nuances orangées. Elle resta un moment à observer les passants, son esprit embrouillé. Elle imaginait Anna rentrant chez elle, le sourire aux lèvres, encore bercée par les mots lus dans les allées de la librairie. Elle imaginait Félix, sans doute accaparé par une autre activité, insouciant du rendez-vous manqué.

— Pourquoi ça n'a pas marché ? murmura-t-elle, la voix teintée d'une grande déception.

Elle se sentait idiote. Idiote d'avoir cru pouvoir manipuler le destin, de s'être prise pour une marieuse de contes de fées. Le sort n'avait que faire de ses plans.

Le bruit d'un message la sortit de ses pensées. Un éclat d'espoir illumina son regard alors qu'elle saisit son téléphone. C'était Félix.

"Salut Nadine ! Désolé, j'ai complètement oublié de passer à la librairie… J'ai été pris par le boulot. Je passerai demain. À plus !"

Nadine fixa l'écran, ses doigts crispés autour du téléphone. C'était donc ça ? Un simple oubli ? Un contretemps banal ? Elle s'imaginait déjà en train de lui faire une remontrance, de lui reprocher son insouciance, son incapacité à voir ce qu'elle essayait de faire pour lui, puis elle se rappela qu'il n'était qu'un client, qu'elle ne représentait à ses yeux que la libraire du coin chez qui il se procurait un peu d'évasion. Pour lui, ce n'était qu'un rendez-vous manqué. Pour elle, c'était un monde qui s'écroulait... Car finalement, se concentrer sur la vie des autres, leurs envies, leurs besoins, était une douce façon déguisée de quitter la monotonie de sa vie à elle. Vide, sans fioritures.

Elle éteignit le téléphone, le posa brusquement sur le comptoir. La tristesse fit place à un profond sentiment de solitude. Seule face à son échec, seule avec ses illusions brisées, miroir de ses échecs personnels. Vivait-elle par procuration les actes manqués de sa propre existence ?

Mais alors qu'elle s'apprêtait à fermer la boutique, elle repensa à Anna. À son sourire rêveur, à sa légèreté, à son bonheur inexplicable. Elle ne pouvait pas abandonner. Pas maintenant.

Elle inspira profondément, ses yeux s'illuminant d'un nouvel éclat. Ce n'était qu'un premier essai. Elle trouverait une autre occasion, une autre manière de provoquer cette rencontre. Elle le devait à Anna. Et à elle-même.

Félix pouvait bien être nonchalant, insouciant, aveugle aux signes qu'elle lui tendait. Elle, elle serait tenace. Elle n'allait pas laisser un simple contretemps ruiner son projet.

Nadine se redressa, rassembla ses affaires et ferma la librairie d'un geste déterminé, prête à tout pour que cette histoire d'amour voie le jour. Même à affronter les caprices du destin. Un sourire se dessina sur son visage, ce n'était pas la fin, juste le début d'un nouveau plan. Un plan encore plus parfait.

Elle mit sa veste et resserra son foulard. Le froid du soir s'insinuait dans les ruelles, et Gustave, son corgi, trottinait à ses côtés, la mine aussi sérieuse qu'un petit gardien en mission. Elle aimait ces trajets du soir, le bruit feutré de ses pas sur le pavé, la lumière dorée qui filtrait des fenêtres des autres, celles où l'on devinait des ombres attablées, des rires qu'elle n'entendait pas.

Sa maison l'attendait sagement, coquette derrière sa façade en pierre claire, ses volets peints d'un bleu profond, sa porte accueillante. À l'intérieur, tout était à sa place, arrangé avec soin. Un plaid jeté sur le canapé, des étagères remplies de livres bien alignés, une cuisine où chaque chose avait son ordre. Une maison pleine de vie, en apparence.

Elle déposa son manteau, mit de l'eau à chauffer, puis prépara un dîner simple mais réconfortant. Une assiette posée, un couvert seul. Gustave, lui, observait du coin de l'œil, espérant un bout de quelque chose qui tomberait. Mais non, Nadine mangeait proprement, mécaniquement, dans le calme parfait de cette maison où aucun rire ne résonnait.

Après avoir rangé, elle lança son rituel du thé. Elle choisit une tasse, la posa délicatement sur la table, observa la vapeur s'élever dans la lumière tamisée. Un moment qu'elle savourait, un instant pour elle seule. Toujours pour elle seule.

Malgré la déception de l'échec des jours précédents, Nadine se décida et planifia une nouvelle approche. Elle organisa une évènement littéraire dédiés aux clients fidèle, une invitation à une lecture privée d'un auteur anonyme dans la petite salle au fond de la librairie. L'atmosphère intimiste et feutrée serait propice à la conversation, pensa-t-elle.

Le jour venu, elle prépara des fauteuils confortables, tamisa la lumière et attendit. Anna arriva la première, intriguée mais ravie de l'expérience. Félix ne tarda pas, s'arrêtant net en voyant Anna installée.

Nadine avait tout minutieusement préparé cette fois-ci. Pas question de laisser le hasard saboter son plan. Si les rencontres fortuites ne fonctionnaient pas, peut-être qu'une ambiance feutrée et propice à la discussion ferait naître l'étincelle qu'elle espérait.

Elle avait passé des heures à choisir l'auteur parfait pour cette lecture privée. Il fallait un écrivain capable de toucher le cœur d'Anna tout en captivant l'esprit curieux de Félix. Après mûre réflexion, son choix s'était arrêté sur Agnès Martin Lugand. Ses mots, d'une poésie délicate et profonde, semblaient faits pour résonner dans le cœur rêveur d'Anna. Le livre sélectionné, Les gens heureux lisent et boivent du café, celui qui l'avait fait connaître, parlait de l'absence et de l'amour avec une sensibilité qui ne pouvait laisser indifférent.

Nadine s'affaira à préparer le lieu de réception, métamorphosant l'espace en un cocon de douceur. Elle arrangea deux assises douillettes en velours vert mousse, face à une table basse sur laquelle elle disposa quelques livres ouverts, comme abandonnés là par un lecteur passionné. Une lampe vintage diffusait une lumière chaude, tamisée, créant des ombres douces sur les murs couverts de rayonnages de livres anciens. L'odeur du papier jauni et du bois ciré flottait dans l'air, ajoutant une note nostalgique à l'atmosphère.

Sur la table basse, elle déposa une théière en fonte noire et quelques tasses en porcelaine blanche, ainsi qu'un petit plateau de madeleines. Tout était pensé pour favoriser le calme, l'intimité, le partage.

Elle s'arrêta un instant, observant son œuvre avec satisfaction. Oui, l'ambiance semblait parfaite. Un sourire se dessina sur ses lèvres. Cette fois-ci, rien ne pouvait échouer.

Anna arriva la première, à 17h00 pile. Fidèle à elle-même, ponctuelle et élégante dans sa simplicité. Elle portait un pull en maille douce couleur crème qui contrastait délicatement avec ses cheveux bruns relâchés en vagues naturelles. Ses yeux s'illuminèrent en découvrant la salle.

— Oh, c'est magnifique, Nadine ! Quelle merveilleuse idée…

Nadine hocha la tête, feignant l'indifférence alors que son cœur battait la chamade.

— Je me suis dit que ce serait une belle occasion de partager une lecture intime… Agnès Martin Lugand, tu connais ?

Les yeux d'Anna s'écarquillèrent, brillants d'un enthousiasme palpable.

— Bien sûr ! J'adore ses mots, ils me transportent à chaque fois.

Elle s'installa dans l'un des fauteuils, ses doigts effleurant la couverture du livre posé devant elle comme s'il s'agissait d'un trésor précieux. Nadine la regarda, émue par cette passion si pure. Elle savait qu'elle avait visé juste.

Quelques minutes plus tard, Félix poussa timidement la porte. Son allure décontractée dégageait un charme naturel et désinvolte. Un pull en laine anthracite, un jean ajusté, des cheveux ébouriffés comme s'il venait de traverser un coup de vent.

Il s'arrêta net en voyant Anna installée là, une expression de surprise mêlée de curiosité traversant son visage. Nadine sentit son souffle se suspendre. Voilà, le moment tant attendu arrivait.

Félix resta un instant figé, pris au dépourvu. Il connaissait Anna de vue, bien sûr. La jeune femme qui flânait régulièrement dans la librairie, toujours absorbée par ses lectures. Mais il ne l'avait jamais vue sous cet angle. Dans cette lumière mystérieuse, avec son visage illuminé par un sourire sincère, elle semblait irréelle.

Il ne pouvait s'empêcher de remarquer la délicatesse de ses traits, la grâce de ses mouvements lents et fluides. Tout en elle respirait la douceur et la rêverie. Félix se sentit étrangement ému par cette vision. Quelque chose dans cette scène lui parut suspendu, comme s'il contemplait un tableau vivant.

— Félix, entre donc ! lança Nadine d'un ton faussement détaché.

Il obéit, se raclant la gorge pour masquer son trouble.

— Salut… Anna, c'est ça ?

Elle releva les yeux, l'air surprise.

— Oui… Félix ?

Il hocha la tête, maladroitement. Nadine dut se mordre l'intérieur de la joue pour ne pas éclater de rire devant cette gêne palpable. Parfait.

Félix s'installa dans le fauteuil en face d'Anna, ses yeux l'observant discrètement alors qu'elle reportait déjà son attention sur le livre devant elle. À cet instant, Félix ressentit une pointe de frustration. Il avait l'impression de contempler une étoile lointaine, magnifique mais inaccessible.

Les autres spectateurs de cette expérience littéraire entraient un à un dans l'espace organisé par Nadine, Félix avait pourtant la sensation d'être seul face à Anna, comme si leurs âmes se cherchaient, se parlaient, entre les autres.

Anna, de son côté, n'avait même pas remarqué l'agitation intérieure de Félix, déjà replongée dans l'univers de l'écrivaine, son esprit vagabondant entre les mots comme sur un nuage.

Sa passion pour cet auteur ne datait pas d'hier. Elle se souvenait de la première fois qu'elle avait ouvert Les gens heureux lisent et boivent du café, les larmes qui avaient perlé sans qu'elle s'y attende, émue par tant de beauté mélancolique.

Félix l'observa en silence, fasciné par cette concentration intense. Il n'avait jamais vu quelqu'un s'immerger autant dans un livre. Ses yeux suivaient les lignes avec une douceur hypnotique, ses lèvres s'étirant parfois en un sourire à peine perceptible. Une mèche de cheveux glissa sur son visage et elle l'écarta d'un geste lent, presque rêveur.

Il avait envie de lui parler, de briser cette bulle autour d'elle, de percer ce mystère. Mais comment aborder quelqu'un d'aussi absorbé ?

— C'est magnifique, murmura soudain Anna, comme pour elle-même.

Félix frissonna en entendant sa voix douce et mélodieuse. Il lui sembla qu'elle chantait plutôt qu'elle ne parlait.

— Tu aimes cette autrice ? osa-t-il enfin, sa voix plus rauque qu'il ne l'aurait voulu.

Anna releva les yeux, surprise de le trouver encore là. Elle le regarda enfin, comme si elle le découvrait pour la première fois.

— Oh, oui… Ses mots me touchent profondément. Ils résonnent en moi, comme une musique silencieuse…

Félix fut stupéfait par cette réponse. Qui parlait ainsi des livres ? Sa curiosité grandissait. Il voulait en savoir plus sur elle, comprendre cette sensibilité qui émanait d'elle comme un parfum délicat.

Mais déjà, Anna avait replongé dans sa lecture, inconsciente de l'effet qu'elle produisait sur Félix. Pour elle, il n'était qu'une présence vague, un écho lointain dans cet univers où seuls les mots de la romancière existaient.

Nadine, qui observait la scène depuis l'ombre de la porte, esquissa un sourire satisfait. Enfin, la magie opérait. Félix ne pouvait détacher son regard d'Anna, et bien que celle-ci demeure encore perdue dans ses rêveries, elle était là, avec lui.

C'était un début, fragile et incertain, mais un début tout de même. Nadine sentit son cœur s'alléger. Peut-être que cette fois, le destin entendait son appel.

Félix marchait lentement dans les rues qui s'assombrissaient, les mains enfoncées dans les poches de son manteau. Le vent frais de la soirée lui fouettait le visage, mais il n'y prêtait pas attention. Ses pensées tourbillonnaient encore autour de cette heure passée à la librairie, auprès d'Anna.

Il revoyait ses yeux, d'un brun si profond qu'ils semblaient contenir tout un univers. La manière dont elle les baissait timidement lorsqu'elle parlait de l'autrice invitée, comme si elle révélait un secret précieux. Il se souvenait de sa voix, douce et musicale, qui résonnait encore en lui comme une mélodie entêtante.

Elle était belle, indéniablement. Mais ce n'était pas seulement cela qui le troublait. Non, ce qui l'avait réellement fasciné, c'était sa vivacité d'esprit. Elle parlait des mots comme d'entités vivantes, capables de danser, de pleurer ou de réconforter. Quand elle décrivait ce qu'elle ressentait en lisant, son visage s'illuminait d'une lumière intérieure qui la rendait presque irréelle.

Félix frissonna, sans savoir si c'était à cause du vent ou de l'émotion qui montait en lui. Il n'avait pas ressenti cela depuis longtemps. Ce mélange d'admiration et de vertige. Cette envie de s'approcher tout en craignant de briser cette magie délicate.

Il accéléra le pas, tentant de chasser cette sensation qui comprimait sa poitrine. Ses chaussures frappaient le pavé avec un rythme régulier, comme pour l'ancrer à la réalité. Pourtant, l'image d'Anna persistait, insaisissable et obsédante.

Arrivé devant son immeuble, il poussa la porte d'entrée avec plus de force que nécessaire, comme s'il voulait échapper à quelque chose. L'escalier grinça sous son poids, et chaque marche lui rappela la lourdeur de ses pensées.

Dans son appartement plongé dans la pénombre, il ne prit pas la peine d'allumer la lumière. La nuit avait déjà envahi les lieux, dessinant des ombres mouvantes sur les murs nus. Félix aimait cette obscurité, elle lui donnait l'impression de disparaître, de se fondre dans le décor.

Il s'assit lourdement sur son canapé, le regard perdu dans le vide. La nuit, complice silencieuse, enveloppait son esprit d'un voile protecteur. À cet instant précis, quand le jour n'était plus là pour l'observer, il pouvait s'abandonner à ses pensées sans craindre d'être jugé.

Il pensa à son père, ce fantôme muet qui avait traversé sa vie sans jamais y laisser de trace. Un homme de silence, dont l'absence avait creusé en lui un gouffre béant. Félix s'était construit autour de ce vide, en équilibre précaire. Et puis, il y avait sa mère, omniprésente, surprotectrice, étouffante. Un amour asphyxiant qui l'avait toujours maintenu à distance de ses propres émotions, de ses propres désirs.

Était-ce pour cela qu'il avait tant de mal à s'ouvrir ? À laisser quelqu'un approcher de trop près ? Il avait aimé autrefois. Une fois. Une passion dévorante qui s'était achevée dans un fracas douloureux. Depuis, il s'était juré de ne plus jamais se laisser atteindre ainsi.

Pourtant, ce soir, dans cette petite librairie baignée de lumière tamisée, quelque chose avait changé. Anna avait franchi cette barrière invisible sans même le vouloir. Elle n'avait rien fait de spécial, juste existé avec cette grâce douce, cette rêverie dans le regard.

Félix sentit son cœur se serrer, à la fois terrifié et exalté. La nuit autour de lui semblait se resserrer, comme pour l'empêcher de fuir cette vérité. Il laissait enfin ses sentiments éclore, à l'abri du regard des autres, à l'abri de ses propres défenses.

La nuit, protectrice et complice, lui offrait cette liberté d'être vulnérable. Dans cette obscurité silencieuse, il pouvait enfin admettre qu'Anna le fascinait, qu'elle l'effrayait aussi. Parce qu'elle représentait tout ce qu'il avait fui jusqu'à présent : la possibilité d'aimer à nouveau, de s'exposer, de souffrir peut-être.

Il se leva et s'approcha de la fenêtre. Dehors, la ville continuait de vivre, indifférente à son trouble intérieur. Les réverbères diffusaient une lumière orangée, créant un contraste avec le noir profond du ciel. Félix observa les ombres qui dansaient sur le trottoir, éphémères et insaisissables.

Anna lui semblait comme ces ombres. Belle, mystérieuse, insaisissable. Elle hantait son esprit sans qu'il puisse la retenir. Pourtant, au fond de lui, il savait qu'elle avait déjà laissé une empreinte.

Il ferma les yeux, appuyant son front contre la vitre froide. La nuit l'enveloppait, le berçait doucement, lui permettant de laisser filer ses pensées. Un nom résonnait en boucle dans son esprit : Anna. Mais comment la recontacter ?

La nuit serait longue, mais pour la première fois depuis longtemps, il n'avait pas envie de fuir.

4

LA NATURE N'AIME PAS LE VIDE

Anna ne se l'avouerait jamais franchement, mais elle l'avait remarqué.

Lors de cette fameuse lecture chez la libraire, alors que Nadine s'affairait à organiser l'événement, Anna s'était concentrée sur sa tasse de thé, écoutant l'autrice lire un passage de son roman. Une voix grave, posée, s'était fait entendre, murmurant un commentaire sur l'héroïne du livre d'Agnès Martin-Lugand. Ce n'était qu'une phrase en passant, un avis succinct, mais la sonorité lui avait laissé une empreinte fugace. Elle s'était répété en boucle qu'elle n'était pas là pour ça. Et pourtant… Elle n'avait pas osé lever la tête tout de suite, se contentant d'agripper sa tasse et de souffler doucement sur le liquide fumant. Mais après quelques minutes, du coin de l'œil, elle avait fini par apercevoir ce visage inconnu. Une barbe légère, un regard attentif, une posture à la fois tranquille et prête à fuir. Il écoutait, concentré, le front légèrement plissé comme si les mots lui demandaient un effort supplémentaire. Il avait cette façon de croiser les bras, d'un air bourru mais absorbé, qui intrigua Anna plus qu'elle ne l'aurait voulu.

Elle avait vite baissé les yeux, amusée par sa propre réaction. Il y avait quelque chose chez lui, un mélange d'assurance et de retenue qui la perturbait. Un homme comme ça n'avait pas besoin d'une lecture en librairie pour exister pleinement, et pourtant, il était là, immobile, présent, sans chercher à occuper l'espace. Elle sentit une bouffée de chaleur monter en elle, sans raison apparente.

Nadine, toujours affairée à orchestrer les choses avec un empressement certain, lui jeta un coup d'œil en coin. Un sourire fin passa sur ses lèvres, mais Anna était trop absorbée par ses pensées pour le remarquer. Elle ne savait pas encore que Nadine y était pour quelque chose.

Quelques jours plus tard, le soleil de juin caressait Arcachon d'une lumière éclatante, faisant scintiller la mer d'un bleu profond. L'air était saturé d'embruns, de sucre chaud venu des gaufres des vendeurs ambulants et de l'odeur réconfortante du sable tiède. Les enfants bâtissaient des châteaux éphémères que la marée finirait par engloutir, et les mouettes planaient au-dessus des baigneurs, en quête d'un morceau de beignet à chaparder.

Anna savourait chaque sensation. L'écume venait chatouiller ses chevilles, et la brise légère portait les rires des vacanciers. Allongée sur sa serviette, son maillot de bain vichy vert tranchant sur sa peau dorée par le soleil, elle ferma un instant les yeux, goûtant pleinement l'instant. Elle adorait cette ville en juin, encore paisible avant l'afflux massif de touristes.

Elle se leva, étira ses bras au-dessus de sa tête et décida d'aller marcher. À peine eut-elle quitté la plage qu'un mouvement dans un buisson attira son regard.

Un chaton. Minuscule, tremblant, recroquevillé sur lui-même.

Elle s'agenouilla doucement. C'était un petit chaton roux au pelage ébouriffé et sale. Ses yeux d'un bleu azur étaient grands ouverts, fixant Anna avec une curiosité craintive. Son cœur se serra.

— Qu'est-ce que tu fais là, toi ? murmura-t-elle en approchant sa main.

Le chaton renifla ses doigts puis, miaula faiblement. Il avait l'air si fragile, un éclat de vie jeté au milieu du monde. Abandonné ? Perdu ?

Anna hésita. Elle n'avait jamais eu d'animaux, jamais pensé à en adopter un. Mais comment le laisser ici, dans cette chaleur, seul ?

Elle tendit doucement les bras, le chaton, après une brève hésitation, s'abandonna contre elle. Il était si léger qu'elle en eut presque le vertige. Instinctivement, elle le pressa contre sa poitrine, sentant son petit cœur battre à toute vitesse.

— D'accord… On va voir ce qu'on peut faire pour toi.

Elle lui caressa doucement la tête, puis, après une dernière hésitation, le glissa dans son panier, emmitouflé dans sa serviette de plage, et prit la direction du premier vétérinaire qu'elle trouva sur son téléphone.

Le centre vétérinaire était un petit bâtiment aux teintes douces, avec une façade immaculée et une porte vitrée qui laissaient entrer la lumière du jour. En poussant la porte, Anna fut immédiatement enveloppée par une fraîcheur agréable, un contraste bienvenu après la chaleur extérieure. L'odeur discrète de désinfectant se mêlait aux effluves plus réconfortants des produits pour animaux, et quelque part, un chien aboya faiblement.

Elle s'avança vers l'accueil, son chaton toujours niché dans sa serviette de plage, les grains de sable collés au tissu trahissant l'urgence avec laquelle elle l'avait recueilli. Elle tapota doucement le comptoir, un peu nerveuse, puis s'éclaircit la gorge quand une assistante vétérinaire apparut.

— Bonjour… J'ai trouvé ce chaton sur la plage. Il semble en mauvais état, je ne savais pas quoi faire d'autre que de l'emmener ici.

L'assistante hocha la tête avec un sourire professionnel et prit quelques notes sur son ordinateur.

— Vous avez bien fait. Le vétérinaire va l'examiner. Vous avez prévu de le garder ou vous cherchez une solution pour lui ?

Anna ouvrit la bouche, puis la referma, incertaine. Elle baissa les yeux vers le petit corps chaud et fragile lové contre elle. L'idée de le confier à une association lui traversa l'esprit. Elle aimait les chats, bien sûr, mais était-elle prête à en assumer la responsabilité ?

Elle alla s'asseoir dans la salle d'attente, caressant distraitement la tête du chaton. Il émit un faible ronronnement, une vibration minuscule qui résonna étrangement en elle. Avait-elle vraiment le cœur de l'abandonner à un inconnu après cela ?

Elle soupira et croisa les jambes, se laissant happer par les pensées contradictoires qui tourbillonnaient dans son esprit.

Et c'est à ce moment-là qu'elle leva les yeux et le vit.

L'homme de la librairie.

Son premier réflexe fut l'étonnement. Elle resta un instant figée sur le pas de la porte, avec cette sensation absurde que le destin s'amusait avec elle. Lui aussi mit quelques secondes à réagir, puis un sourire hésitant étira ses lèvres.

— Anna, c'est bien ça ? dit-il, visiblement aussi surpris qu'elle.

Elle hocha la tête, encore un peu déconcertée. Elle était surprise qu'il se souvienne de son prénom.

— Je... oui. Bonjour.

Elle se sentit ridicule. Lui, se racla la gorge et se redressa.

— Qu'est-ce qui t'amène ici ? demanda-t-il en observant le petit chaton encore blotti contre elle.

Anna reprit contenance et lui expliqua rapidement la situation. Pendant qu'elle parlait, il attrapa le chaton avec une douceur qui la toucha plus qu'elle ne l'aurait cru. Il le manipula avec précaution, le caressa du bout des doigts, vérifiant sa respiration, ses pattes, sa température. Félix était méticuleux, précis, et pourtant terriblement attentif. Cette contradiction, entre son air bourru et la délicatesse de ses gestes, troubla Anna.

— Il est déshydraté, mais globalement en bonne santé, conclut-il en redressant la tête.

Anna soupira de soulagement.

— Tu comptes le garder ? demanda-t-il, avec un sourire en coin.

Elle hésita. Elle n'avait pas eu le temps d'y réfléchir plus que ça, tout s'était enchaîné tellement vite.

— Je... Je ne sais pas encore.

— Parce que je crois que lui, il a déjà décidé pour toi.

Elle baissa les yeux sur la petite boule de poils, qui ronronnait déjà contre son buste. Bon. Peut-être qu'il avait raison.

— Je pense que tu as raison. Je vais l'appeler Pumpkin.

Félix haussa un sourcil, amusé.

— Pumpkin ?

— Oui. Il a la couleur d'une citrouille et l'air un peu magique.

Un silence s'installa. Ni l'un ni l'autre ne semblait savoir comment le briser. Il était fasciné par sa façon de voir le monde, ce brin d'enfance qui vivait en elle. Anna faisait partie de ceux qui se contentait des petits riens, des bonheurs simples que la vie pouvait apporter. Il aurait tellement aimé lui piquer un peu de candeur, peut-être pourrait-elle lui apprendre…

Finalement, ce fut Félix qui prit son courage à deux mains.

— Il va être heureux avec toi c'est une certitude. Dis-moi… et si on allait voir un vieux film au cinéma en plein air ? Ils projettent des classiques tout l'été, c'est toujours une bonne ambiance.

Anna décontenancée, mais agréablement surprise par l'originalité de la proposition, émît un temps d'arrêt.

— Un vieux film ? Quel genre ?

— Surprise.

Elle sourit doucement.

— Avec plaisir.

Un échange de numéros, un dernier regard, et la promesse d'un rendez-vous…

Dès les premiers jours, Pumpkin montra une curiosité insatiable pour son nouvel environnement. Il reniflait chaque meuble, chaque plante, chaque objet avec la minutie d'un explorateur cartographiant un territoire inconnu. Les rideaux devinrent un terrain d'escalade, le tapis, une étendue où il s'allongeait, le ventre à l'air, après ses courses effrénées dans l'appartement.

Mais ce fut une autre découverte qui laissa Anna perplexe et amusée : la litière toute propre qu'elle lui avait installée semblait l'indifférer. À la place, Pumpkin préférait gratter la terre moelleuse de ses plantes d'intérieur. Chaque matin, elle retrouvait des petits monticules de terre éparpillés sur le parquet, des feuilles maculées, et parfois, une surprise odorante au pied du ficus. Après plusieurs essais infructueux pour lui faire adopter la litière, elle dut finalement capituler et trouver un système ingénieux pour protéger ses plantes.

Pumpkin était un être de paradoxes : aussi tendre qu'indomptable. Il se collait contre elle dès qu'elle s'asseyait sur le canapé, sa petite tête rousse enfouie contre son bras, mais dès qu'elle voulait l'attraper pour lui faire un câlin imposé, il se dérobait avec une agilité moqueuse. Ses instincts de chat des rues resurgissaient parfois sous des formes inattendues. Il se cachait dès qu'un bruit trop fort éclatait : le claquement sec d'un interrupteur, la sonnerie de la porte d'entrée, les pas un peu trop pressés de son voisin dans l'escalier. Ses yeux s'écarquillaient, ses oreilles frémissaient, et il détalait sous le lit comme si la guerre venait d'être déclarée.

Et puis, il y avait les bêtises. Les confettis de papier toilette qu'elle retrouvait disséminés dans la salle de bain au matin, preuve qu'une bataille nocturne avait eu lieu contre le rouleau. Les objets mystérieusement déplacés, son marque-page préféré disparu dans un recoin inaccessible, son élastique à cheveux qu'elle retrouvait sous le canapé, martyrisé et mâchonné. Chaque jour, Pumpkin imposait sa présence, un petit chaos rieur dans la routine millimétrée d'Anna.

Et pourtant, malgré les griffures sur les coussins, les réveils nocturnes par un chat joueur qui attaquait ses pieds sous la couette, malgré la nécessité de repenser l'organisation de son espace, Pumpkin s'inséra dans son quotidien comme s'il y avait toujours eu sa place. Il remplissait les silences, donnait une consistance nouvelle à ses soirées solitaires. Il était là, une boule de chaleur contre son flanc lorsqu'elle lisait, un poids léger sur son ventre lorsqu'elle s'endormait.

En quelques jours, il était devenu un petit cœur battant dans son appartement. Et en l'observant s'étirer au soleil, bâillant à s'en décrocher la mâchoire avant de se rouler en boule pour une énième sieste, Anna sut. Il n'était plus question de se demander si elle allait le garder.

Il était chez elle. Il était chez lui.

Elle du se résoudre à laisser son petit Pumpkin pour rejoindre Félix à leur lieu de rendez-vous.

Elle avançait d'un pas léger dans les rues de Bordeaux, baignée par cette lumière dorée qui faisait danser les ombres des platanes sur les pavés. Une brise douce, imprégnée des effluves sucrés des boulangeries et du parfum du bitume tiédi par le soleil de juin, s'infiltrait dans sa demi-queue et soulevait quelques mèches brunes, libres, insoumises. Elle ne les rattacha pas. Tant pis. Tant mieux. Elles faisaient partie du tableau.

Elle n'était pas pressée, mais son cœur battait plus vite que d'habitude. Pas d'affolement, juste cette effervescence discrète qui vient avec les moments où tout est encore possible. Son jean taille haute, légèrement patte d'eph, suivait le rythme souple de ses pas, et son t-shirt blanc dansait un peu sur sa peau, caressé par le vent. Son collier à breloques tintait légèrement contre sa clavicule, une mélodie intime que seul son corps connaissait. Chaque petit pendentif racontait une histoire. Un minuscule soleil doré trouvé sur un marché aux puces. Une fleur en or offerte par sa sœur. Une perle d'eau douce, vestige d'un bracelet brisé. Des fragments de vie, suspendus à son cou.

Sa banane en velours côtelé vert sapin rebondissait légèrement sur sa hanche à chacun de ses pas. Dedans, c'était le chaos organisé d'Anna. Un carnet aux pages cornées, une poignée de stylos sans capuchon, un vieux ticket de concert qu'elle n'avait jamais pu se résoudre à jeter. Son téléphone aussi, évidemment, mais relégué au fond, loin de l'instant présent.

À ses pieds, ses vieilles Converse blanches racontaient son histoire mieux qu'un journal intime. Usées, éraflées, elles avaient vu des concerts, des nuits étoilées sur des plages, des courses sous la pluie, des après-midi allongée dans l'herbe à refaire le monde. Elles la connaissaient par cœur. Elles savaient aussi qu'aujourd'hui, elle rêvait.

Elle rêvait à ce rendez-vous qui n'en était peut-être pas un. À Félix qui lui plaisait, mais qu'elle ne savait pas encore où ranger dans son cœur. À cette soirée qui pourrait tout changer ou ne rien changer du tout. Et elle se disait que, finalement, c'était peut-être ça le plus grisant. L'inconnu. Les possibles. Les papillons en apesanteur dans son ventre, pas encore certains de devoir s'envoler.

Bordeaux bruissait autour d'elle. Les rires en terrasse, le tintement des verres, les vélos qui filaient. Elle se fondait dans la ville, un sourire imperceptible au coin des lèvres. Elle marchait, elle imaginait en se disant qu'elle verrait bien.

Pour leur première rencontre, il lui avait proposé d'aller voir un film au cinéma en plein air. Une idée qui l'avait immédiatement charmée. Romantique, sans être trop cliché, intime, sans être oppressant. Un équilibre subtil qui révélait déjà une part de sa personnalité.

Quelle ne fut pas sa surprise en le voyant arriver devant l'écran géant, un thermos de thé à la main, un sourire en coin, presque fier de son petit effet. Une référence à l'un de leurs échanges virtuels, une de ces conversations qui n'avaient l'air de rien mais qui, sans qu'elle s'en rende compte, avaient creusé leur sillon dans son cœur. Il se souvenait. D'un détail, d'une phrase qu'elle n'aurait jamais pensé importante. C'était à cet instant précis que son cœur avait chaviré. Il ne le savait pas encore, mais c'était fini, elle était prise au piège de ses propres sentiments.

Elle passa tout le film à guetter le moindre signe. Un frisson dans l'air, un frôlement accidentel, qui ne le serait peut-être pas tant que ça. Elle tenta tout pour attirer son attention, sonder indirectement son intérêt. Effleurer ses doigts en prenant du pop-corn, une manœuvre classique mais qui, à défaut d'être originale, avait le mérite d'être efficace. Rien.

Poser sa tête sur son épaule, en jouant sur la fatigue feinte et la douce torpeur du moment. Toujours rien. Prolonger leur présence une fois le générique terminé, trouver un prétexte futile pour traîner un peu plus, espérant qu'il saisirait l'occasion de l'embrasser.

Mais non. Rien. Pas un geste, pas une tentative. Il se contentait d'être là, souriant, détendu, sans jamais forcer quoi que ce soit. Et plus il restait calme, plus elle paniquait. Et s'il ne la trouvait pas attirante ? Et s'il la considérait simplement comme une amie, une compagnie agréable mais sans ambiguïté ? L'angoisse grandissait en elle à mesure que la soirée touchait à sa fin.

Elle se sentait ridicule. Elle qui avait pourtant l'habitude de se méfier, de garder ses distances, voilà qu'elle tombait tête la première dans cette attente insoutenable, prisonnière de son propre romantisme, de ses propres insécurités.

Il la raccompagna jusqu'à sa voiture, une fidèle Clio 2 qui avait survécu à bien des péripéties. Encore une fois, elle cherchait à ralentir leur séparation, espérant ce fameux baiser.

Mais le ciel semblait vouloir écrire une toute autre fin à leur soirée. Les nuages, d'un gris profond, s'amoncelaient au-dessus d'eux, et la pluie commença à tomber, d'abord fine et hésitante, puis plus franche, comme si elle aussi s'impatientait.

Les gouttes rebondissaient sur les pavés, créant une mélodie suave et irrégulière.

Anna ouvrit son grand parapluie vert, mais le vent s'engouffra dedans avec une brusquerie taquine, le faisant vaciller. Elle lutta un instant, les bras tendus, jusqu'à ce que Félix intervienne. Sa main vint se poser sur la sienne pour stabiliser la poignée. Ce simple contact électrisa l'air entre eux, et leurs regards se croisèrent sous l'abri fragile du tissu.

Tout s'accéléra et ralentit à la fois. Le bruissement de la pluie, les rires lointains d'un groupe de passants courant se mettre à l'abri, les phares des voitures qui découpaient la nuit... tout semblait s'effacer autour d'eux.

Félix glissa sa main libre sur sa taille et l'attira doucement contre lui. Un geste sûr, empreint d'une douceur irrésistible. Elle sentit la chaleur de son corps contre le sien, le parfum léger de son col encore tiède, contrastant avec l'humidité ambiante. Puis, sans prévenir, il posa ses lèvres sur les siennes.

Un frisson la parcourut de la tête aux pieds. Elle n'était pas préparée, et pourtant, ce fut l'un des baisers les plus beaux et inattendus de sa vie. Un baiser lent, profond, à la fois doux et puissant. Il n'y avait rien de précipité, rien d'hésitant. Seulement la certitude de cet instant, l'évidence d'un désir partagé.

Leur baiser avait la saveur des pluies d'été, une étreinte liquide et brûlante à la fois. La main de Félix se crispa légèrement sur sa taille, comme pour la retenir un peu plus longtemps, comme s'il voulait graver ce moment dans leur chair. Elle se laissa emporter, fermant les yeux, s'abandonnant à la chaleur de ses lèvres, à la manière dont il la possédait sans brusquerie, mais avec une intensité qui la troublait.

À proximité, Bordeaux continuait de vivre, les passants défilaient, pressés sous leurs parapluies, les pneus des voitures fendaient l'eau sur les pavés, projetant des éclats argentés. Mais ils n'étaient plus là. Ils flottaient dans une bulle, un interstice hors du temps où seuls comptaient la pluie, leurs souffles mêlés et la force invisible qui les attirait l'un vers l'autre.

Ce fut un des baisers les plus délicat qu'Anna ait reçu depuis longtemps. Un baiser qui la consumait et la réchauffait à la fois, qui lui donnait l'impression de basculer dans un ailleurs qu'elle n'osait espérer. Lorsqu'elle ouvrit les yeux, légèrement étourdie, Félix l'observait, un sourire au coin des lèvres, l'eau ruisselant sur sa joue.

Et dans son cœur, éclata un feu d'artifice.

Le trajet du retour fut baigné d'un bonheur exaltant. Des papillons agitaient son ventre creux, qui, lui, criait littéralement famine. Trop de trac avant le rendez-vous pour réussir à avaler quoi que ce soit. Le pop-corn, aussi exquis soit-il, ne remplissait pas vraiment une fonction nutritive. Son petit corps mince et chétif réclamait du carburant, au risque de la faire sombrer une nouvelle fois dans les limbes d'une crise d'hypoglycémie. L'idée de s'arrêter au temple de la malbouffe lui traversa l'esprit lorsque les effluves tant appétissants que nauséabonds des nuggets vinrent chatouiller ses narines.

Elle hésita, un instant. Puis, dans un élan de faim, fit un demi-tour pour s'engager sur le parking du fast-food. Ce soir-là, sous la lumière blafarde des enseignes publicitaires, entre une frite trop salée et une gorgée de soda, elle se surprit à sourire bêtement. Félix venait de planter une graine dans son cœur. Elle n'avait aucune idée de la tempête qui allait suivre, mais à cet instant précis, tout semblait parfait.

Les jours suivants furent un mélange étrange de fébrilité et de douce attente. Elle passait son temps à revoir les moindres détails de leur soirée, à analyser chaque message qu'il lui envoyait. Était-il aussi emballé qu'elle ? Avait-il ressenti la même intensité lors de leur baiser ? Elle oscillait entre euphorie et doute, se remémorant son sourire, la chaleur de ses lèvres, cette timidité charmante qui l'avait tant fait vibrer.

Le week-end d'après, Félix lui proposa une promenade en bord de mer.

La dune du Pilat s'étendait devant eux, majestueuse, immense, comme une muraille de sable entre ciel et océan. Les grains dorés brillaient sous le soleil éclatant. À chaque pas, leurs pieds s'enfonçaient légèrement, marquant leur passage fugace sur cette étendue infinie. À perte de vue, des collines mouvantes sculptées par le vent s'élevaient et s'affaissaient dans une harmonie parfaite. D'un côté, la forêt dense et verte s'étendait comme un tapis moelleux, contrastant avec l'immensité du sable ; de l'autre, l'Atlantique déroulait ses vagues argentées, scintillant sous la lumière. Ici, le monde semblait plus vaste, plus libre. Une parenthèse hors du temps, où tout devenait possible.

Anna inspira profondément, savourant cet air marin chargé d'iode et de liberté. Elle tourna la tête vers Félix, qui scrutait l'horizon avec un sourire en coin.

— Alors, prête à gravir cette montagne de sable ? lança-t-il, taquin.

Elle rit doucement.

— Je suis prête... mais toi, es-tu sûr d'en être capable ?

Félix éclata de rire avant de se mettre en marche, prenant les devants avec une énergie débordante. Anna le suivit, leurs pas s'enfonçant dans la dune, ralentis par la souplesse du sable. Le vent s'amusait à soulever de fines volutes autour d'eux, leur collant quelques grains dorés sur la peau. À mi-chemin, Anna s'arrêta, essoufflée.

— Tu veux pas faire une pause ? demanda-t-elle en soufflant.

Félix s'arrêta, se retourna vers elle et, sans prévenir, lui tendit la main.

— Allez, accroche-toi !

Elle hésita un instant avant de saisir sa main, chaude et rassurante. Ensemble, ils gravirent les derniers mètres, riant entre deux bouffées d'air. Lorsqu'ils atteignirent enfin le sommet, ils restèrent silencieux quelques secondes, émerveillés par la vue. L'océan à perte de vue, le bleu et l'or qui se fondaient dans un paysage irréel. Anna sentit un frisson parcourir son dos, un mélange d'émerveillement et d'émotion brute.

Ils descendirent ensuite vers la plage, dévalant la pente en courant, riant comme des enfants. Le sable s'échappait sous leurs pieds, et ils faillirent tomber plus d'une fois, ce qui ne fit qu'accentuer leurs éclats de rire. Enfin arrivés en bas, ils s'écroulèrent sur une couverture qu'Anna avait dépliée, essoufflés mais heureux.

Félix sortit alors leur pique-nique de son sac : des sandwichs préparés à la va-vite, des fruits juteux et une bouteille d'eau fraîche. Ils mangèrent en silence un instant, simplement bercés par le bruit des vagues. Félix lui racontait des souvenirs d'enfance, des bêtises d'adolescent, des rêves un peu fous qu'il n'avait jamais osé partager avec personne. Anna buvait ses paroles, fascinée par sa manière unique de voir le monde. Elle adorait cette façon qu'il avait de rendre chaque anecdote vivante, vibrante. Il la taquinait sur ses petites manies, riait de ses exclamations spontanées, et elle sentait entre eux une légèreté exquise, une complicité sans effort.

Après le repas, Félix sortit un jeu de cartes.

— T'es prête à perdre ? provoqua-t-il avec un sourire malicieux.

Anna haussa un sourcil.

— Dans tes rêves, oui.

Ils commencèrent une partie de Skyjo, puis enchaînèrent avec un sept famille improvisé. Chaque manche se transformait en bataille de mauvaise foi, ponctuée de chamailleries et de tentatives de triche à peine dissimulées. Anna éclata de rire lorsqu'elle surprit Félix en train de glisser une carte sous sa jambe.

— Tu triches ! s'exclama-t-elle, feignant l'indignation.

— Moi ? Jamais ! C'est toi qui es mauvaise joueuse ! répondit-il avec un air faussement outré.

Ils roulèrent dans le sable, riant aux éclats, jusqu'à ce que Félix la plaque doucement sur le sol, leurs visages à quelques centimètres l'un de l'autre. Un silence les enveloppa alors, contrastant avec leur agitation précédente. Le regard de Félix se fit plus doux, plus intense. Anna sentit son cœur s'accélérer.

D'un geste hésitant, il effleura une mèche de cheveux qui tombait sur son visage.

— Tu regrettes notre baiser ? murmura-t-il.

— Pas un seul instant.

Elle sentit son visage d'empourprer, gênée par cette confidence intime. Félix sourit, d'un sourire sincère, tendre, puis l'embrassa fougueusement.

C'est à cet instant précis qu'elle comprit qu'elle était en train de tomber amoureuse. Véritablement. Profondément.

Le retour en voiture fut silencieux, mais empli de ce sentiment nouveau, cette certitude qu'une histoire naissait entre eux. Les jours suivants, les messages se firent plus fréquents, les appels s'éternisèrent jusque tard dans la nuit. Ils parlaient de tout et de rien, de leurs rêves et de leurs peurs, tissant peu à peu un lien unique.

Mais l'amour naissant a parfois cette fragilité insoupçonnée. Ce qu'Anna ne savait pas encore, c'était que les plus belles histoires sont aussi celles qui connaissent des tempêtes. Félix cachait des parts de lui qu'elle n'avait pas encore découvertes. Des doutes, des hésitations, des blessures du passé. Pourtant, à cet instant précis, alors qu'elle rentrait chez elle le cœur gonflé d'espoir, elle ne pensait qu'à une seule chose : leur prochaine rencontre

5

UN PARFUM D'ESPOIR

Anna avait l'impression de voler dans un nuage, de flotter dans une bulle soyeuse et irréelle, suspendue entre rêve et réalité. Avec lui, le monde s'effaçait, les bruits de la ville devenaient murmures lointains, et tout ce qui existait se résumait à sa présence. C'était grisant, enivrant, presque étourdissant. Elle se laissait porter, emportée par cette vague de bonheur qui l'envahissait à chaque regard, à chaque frôlement.

Mais elle savait. Elle savait que son cœur avait cette fâcheuse tendance à s'emballer trop vite, à s'accrocher avec une intensité presque déraisonnable. Elle connaissait ce frisson délicieux qui précède la chute, cet instant où l'on se sent invincible, invulnérable, persuadé que rien ni personne ne pourra altérer l'éclat de ce bonheur. Pourtant, au fond d'elle, une petite voix murmurait qu'il faudrait faire attention, qu'il faudrait veiller à ne pas se laisser happer entièrement par ce tourbillon. L'amour passionnel avait cette beauté fulgurante, ce feu qui réchauffe autant qu'il brûle, et elle craignait, malgré elle, de s'y perdre.

L'appartement d'Anna baignait dans une lumière douce, tamisée par les guirlandes accrochées négligemment aux murs. Un plaid en laine était jeté sur l'accoudoir du canapé, et l'odeur du thé à la vanille flottait encore dans l'air, vestige d'une précédente infusion. Sur la table basse, trois verres de vin rouge, déjà bien entamés, entouraient un plateau de fromages et de fruits secs que les trois amies grignotaient distraitement.

Idoïa, toujours la première à briser le silence avec une remarque piquante, s'adossa au canapé et lança un regard amusé à Anna.

— Bon alors, cette deuxième soirée avec Félix ? On en parle ou tu comptes nous laisser mourir de curiosité ?

Suzanne, plus mesurée, leva un sourcil, un sourire en coin.

— D'abord, il faudrait qu'on parle de la première. Tu ne nous as pas tout raconté, pas vrai ?

Anna esquissa un sourire malicieux, jouant avec la tige de son verre avant d'en prendre une gorgée. Ses joues étaient légèrement rosies, peut-être par l'alcool, peut-être par l'excitation.

— Disons que... c'était bien. Vraiment bien.

Idoïa claqua la langue, faussement outrée.

— "Bien" ? Anna, on n'est pas tes collègues ! Détaille un peu !

Anna éclata de rire avant de secouer la tête.

— OK, OK ! Le premier rendez-vous était simple, mais parfait. On a parlé pendant des heures, il semble intelligent, drôle... et il a bon goût en musique.

— Et ça, c'est l'épreuve ultime, commenta Suzanne, amusée. Il a réussi le test ?

— Il a même fait mieux que ça. Il a mentionné un de mes groupes préférés sans que je le lui souffle. Autant dire que ça a marqué des points.

Idoïa hocha la tête d'un air approbateur avant de poser son verre avec un petit sourire en coin.

— Très bien, il est validé musicalement. Mais... et physiquement ? Il est aussi doué dans d'autres domaines ?

Anna roula des yeux, faussement exaspérée.

— Idoïa, je t'en prie...

— Quoi ? Je me renseigne, c'est important ! Deux rendez-vous, il a eu droit à un baiser, au moins ?

Anna pinça les lèvres avant de céder sous le regard insistant de ses amies.

— Oui... Un baiser.

Idoïa siffla entre ses dents.

— Et alors ? Langoureux ? Timide ? Charnel ? Je veux des détails, ma caille !

Suzanne, elle, secoua la tête avec un sourire affectueux.

— Arrête de l'embêter. Ce qui compte, c'est ce qu'elle ressent. Anna, tu te sens bien avec lui ?

Anna posa son verre et haussa légèrement les épaules, l'ombre d'un sourire aux lèvres.

— Oui, je me sens bien avec lui. Mais... je ne veux pas me précipiter. J'ai envie de voir comment ça évolue.

Suzanne hocha la tête, visiblement satisfaite de la réponse.

— C'est le plus important. Et puis, protège-toi, quand même. Même les mecs qui ont de bons goûts musicaux peuvent être des crétins.

Idoïa leva les yeux au ciel.

— Oh ça va, on n'en est pas là ! Laisse-la vivre un peu. Anna, ma douce, écoute-moi. Ça fait combien de temps que tu es célibataire ? Des siècles ! Il est grand temps de prendre du plaisir. Littéralement.

Anna attrapa un coussin et le lança sur elle, provoquant un éclat de rire général.

— T'es impossible !

— Non, je suis réaliste !

Elles rirent encore un moment, puis Suzanne changea légèrement de sujet.

— Et toi, côté boulot, du nouveau ?

Anna se redressa légèrement, visiblement contente d'aborder le sujet.

— Oui, justement ! J'ai trouvé un stage de quelques jours dans une boutique de fleurs. Juste pour voir si ça me plaît vraiment avant de me lancer.

Suzanne sourit.

— C'est une super idée. Tu aimes tellement ça, les fleurs. Je suis contente que tu te sois enfin lancée, depuis le temps qu'on en parle !

Idoïa, elle, étira un sourire malicieux.

— Moi je dis que c'est parfait. Si ton Félix te fait faux bond, tu pourras toujours t'entourer de beaux bouquets.

Anna secoua la tête, mi-amusée, mi-agacée.

— T'es incorrigible.

— Et c'est pour ça que vous m'adorez !

La soirée continua ainsi, ponctuée de rires, de plaisanteries, et de confidences. Un de ces moments où le temps semble suspendu, où l'amitié devient une bulle chaleureuse, où l'on savoure chaque instant, chaque échange, chaque verre de vin partagé.

Le matin du premier jour de stage d'Anna, la boutique de fleurs l'accueillit dans un doux cocon de couleurs et de senteurs. Située rue Sainte-Colombe à Bordeaux, elle était encore toute jeune, mais chaque détail témoignait du soin qu'y avait apporté Charlotte, sa propriétaire.

Au creux d'une ruelle pavée, baignant dans une lumière harmonieuse qui se faufile entre les frondaisons, s'ouvre une boutique qui semble tout droit sortie d'un songe. Sa devanture, d'un lilas tendre, se pare d'arabesques évanescentes, où courent des bribes de lierre et de roses en cascades. Le nom de l'enseigne, calligraphié dans une écriture ondoyante, se déployait en lettres lumineuses, comme tracé par une main de fée.

Les portes à battants, grandes ouvertes sur un monde suspendu entre le rêve et la réalité, laissaient s'exhaler des effluves de pivoines, de lavande et de jasmin, une mélodie parfumée qui accueillait les passants et les attirait vers l'intérieur. Les fleurs s'y entassaient dans un désordre savamment orchestré, étalant leurs couleurs comme une aquarelle à peine séchée. Ici, chaque bouquet racontait une histoire, un secret, une confidence murmurée entre les pétales : des roses pâles aux pivoines éclatantes, des bouquets délicatement emballés dans du papier kraft et ficelés avec un ruban de satin.

Au milieu de cet univers où tout semblait flotter, où le temps lui-même ralentissait sa course : Charlotte. Une silhouette énergique et légère, une présence qui se fondait dans l'ensemble comme si elle en était l'essence même. Toujours en salopette – bleu nuit un jour, vert mousse le lendemain – et chaussée de ses *Gazelle*, elle se déplaçait avec la nonchalance d'une rêveuse dont l'esprit voyage plus loin que ses pas. Ses lunettes rondes glissaient parfois sur l'arête de son nez lorsqu'elle plongeait dans la contemplation d'une renoncule ou qu'elle ajuste la tige d'un lys blanc.

Charlotte n'était pas une simple fleuriste, elle était une passeuse d'instants, une alchimiste du fugace. Elle ne se contentait pas d'arranger des fleurs, elle tissait des atmosphères, assemblait des souvenirs naissants. Lorsqu'elle composait un bouquet, elle murmurait des mots doux aux feuilles, glissait une intention entre deux brins d'eucalyptus, harmonisait les teintes comme une peintre choisirait ses pigments.

Dans ses gestes résidait une douceur infinie, une délicatesse qui touchait à l'intangible. Un sourire esquissé, un regard qui s'attardait sur un brin de gypsophile qui s'emmêle dans un ruban de satin.

Les clients qui franchissaient le seuil de sa boutique le faisaient souvent sans s'en rendre compte, comme happés par un sortilège subtil. Ils entraient pour une bricole, une rose pour un rendez-vous, un bouquet d'anniversaire, et repartaient avec un fragment d'autre chose, une émotion enfouie, un rêve ancien qui refaisait surface. Certains revenaient simplement pour l'atmosphère, pour la façon dont la lumière tamisée dansait sur les vases de verre, pour la façon dont Charlotte s'attardait sur chaque choix, jamais pressée, toujours en train de deviner ce que chacun cherche sans le savoir.

Elle ressemblait à Anna. La même manière de s'abandonner aux détails, la même façon d'observer le monde avec cette lenteur tendre, cette mélancolie lumineuse qui teintait tout d'une touche de nostalgie douce. Comme elle, Charlotte voyait entre les interstices du quotidien, entre les notes discrètes d'une chanson entendue au loin et les couleurs changeantes du ciel à l'aube.

Elle n'avait jamais eu besoin de plus. Un univers de fleurs, quelques instants suspendus, et cette impression, infime mais précieuse, d'offrir un peu de beauté au monde.

Au fond de la boutique, un coin aménagé, avec quelques fauteuils en velours et une petite table en bois, permettait aux clients hésitants de s'imprégner des lieux avant de faire leur choix. À côté du comptoir, une étagère débordait de bougies artisanales aux senteurs florales, venant parfaire l'univers poétique de la boutique.

Le soir, lorsqu'elle refermait sa boutique, elle restait souvent un instant sur le seuil, un matcha entre les mains. Elle regardait la ville s'endormir, écoutait les derniers échos du jour s'effacer doucement. Puis elle rentrait, l'esprit encore enroulé dans les parfums du jour, et se mettait à rêver aux bouquets du lendemain, aux histoires qu'ils raconteront, aux mains qui les recevront.

Dès les premiers jours, Anna se sentit à sa place. Ses gestes étaient précis, naturels, comme si elle avait toujours su composer des bouquets. Charlotte, impressionnée par sa fluidité et son assurance, l'observait d'un œil admiratif.

— Tu es vraiment douée, Anna. On dirait que tu as fait ça toute ta vie.

Anna, un brin émue, haussa les épaules en souriant.

— J'ai toujours adoré les fleurs, j'aidais ma mamie lorsque j'étais plus jeune, mais je ne savais pas que ça reviendrait aussi naturellement.

Au fil du temps, une alchimie délicate s'installa entre Anna et Charlotte, tissée de rires partagés et de silences complices. Travailler côte à côte dans la boutique devint une évidence, une danse fluide où chacune devinait les gestes de l'autre avant même qu'ils ne soient esquissés. Charlotte, rêveuse et douce, ne voyait pas sa boutique comme un simple lieu de vente. Elle voulait qu'elle vibre d'une énergie particulière, un espace vivant où les fleurs seraient bien plus que de simples ornements. Son rêve ? Offrir aux clients une expérience sensorielle, les inviter à plonger les mains dans la mousse fraîche, à sentir sous leurs doigts la délicatesse d'un pétale de pivoine, à tresser eux-mêmes des couronnes embaumées.

Un soir, alors que le rideau métallique glissait lentement sur la devanture, elle se tourna vers Anna, essuyant machinalement la terre qui poudrait ses paumes. L'air était chargé du parfum capiteux des roses anciennes, et la pénombre donnait à la boutique une atmosphère feutrée, presque intime.

— J'ai besoin de quelqu'un pour m'aider à faire grandir ce projet, souffla-t-elle, son regard scrutant celui d'Anna. Quelqu'un qui comprenne ce que j'essaie de bâtir ici, qui ait envie de mettre les mains dans la terre et le cœur dans les fleurs.

Anna, qui ajustait un bouquet de renoncules, releva la tête, surprise. La proposition flottait entre elles, suspendue comme une promesse. Charlotte ne parlait pas d'une simple aide pour les livraisons ou la caisse. Non, c'était autre chose. Plus grand, plus intime.

— J'aimerais organiser des ateliers réguliers, continua Charlotte, l'enthousiasme dans la voix. Apprendre aux gens à composer des bouquets en suivant les saisons, les initier à l'art du kokedama, les voir s'émerveiller en façonnant des couronnes fleuries pour un mariage ou un baptême. Mais je ne peux pas tout faire seule. Je veux quelqu'un qui porte ce rêve avec moi.

Anna sentit un frisson lui parcourir l'échine. Ce n'était pas une simple proposition d'emploi : c'était une invitation. Une place à ses côtés, non comme une employée, mais comme une alliée, une complice dans cette aventure.

— Tu veux dire… devenir ton associée ?

Charlotte hocha la tête, un sourire au coin des lèvres.

— Oui. Mais pas juste sur le papier. Je veux que ce projet devienne aussi le tien. Que tu y mettes ton empreinte.

Les mots résonnaient en Anna, éveillant quelque chose de profond. Depuis son arrivée ici, elle s'était laissé porter, trouvant dans la boutique un refuge inattendu. Mais là, c'était différent, son choix, sa direction.

Elle posa ses ciseaux et détailla Charlotte, sa silhouette fine enveloppée dans son tablier maculé de pollen, ses boucles folles s'échappant en mèches désordonnées autour de son visage. Dans son regard brillait cette étincelle qu'elle avait appris à reconnaître, celle qui apparaissait quand elle parlait de fleurs comme d'une matière vivante, vibrante.

— J'adorerais, murmura-t-elle enfin, la voix légèrement tremblante.

Un sourire éclatant illumina le visage de Charlotte. Elle tendit la main, et Anna, sans hésiter, y glissa la sienne. L'accord était scellé, aussi simple et naturel qu'une fleur qui éclot sous le soleil printanier.

Le soir venu, Félix passa la porte de l'appartement d'Anna et fut accueilli par un miaulement indécent, presque outré. Pumpkin, sa boule de poils caractérielle, bondit immédiatement vers lui, le reniflant d'un air suspicieux.

— Il est jaloux, plaisanta Anna. Tu vas devoir lui prouver que tu es digne d'être ici.

— Ah ouais ? Il veut un duel ou un pot-de-vin ?

— Un sacrifice de chaussettes suffira, ironisa-t-elle en arquant un sourcil.

Félix ouvrit la bouche pour répliquer mais, dans un mouvement foudroyant, Pumpkin attrapa une de ses chaussettes et fila dans le couloir. Anna éclata de rire tandis que Félix levait les bras en signe d'impuissance.

— Tu l'as dressé pour me voler ou c'est inné ?

— Un peu des deux.

Dans la cuisine, l'odeur des légumes frais qu'ils avaient soigneusement découpés se mêlait à celle du vin qui réduisait doucement dans la poêle. Le thym et l'ail parfumaient l'air, une douce promesse de saveurs à venir. Anna s'affairait près du plan de travail, concentrée sur la cuisson des poivrons et des courgettes, pendant que Félix s'occupait de la sauce.

— J'ai pas l'impression que ce soit très équitable, souffla-t-il en se postant juste derrière elle.

Sa voix était basse, effleurant sa nuque. Anna sentit un frisson lui parcourir l'échine. Elle tenta de garder contenance.

— Pourquoi ?

— Tu cuisines et moi je regarde.

Il posa une main sur sa hanche, légère, presque furtive, avant de la retirer comme s'il avait déjà trop osé. Anna se tourna vers lui, une esquisse de sourire sur les lèvres, piquée par ce jeu d'équilibre fragile entre leur pudeur et l'attraction indéniable qui les liait.

— Alors aide-moi, souffla-t-elle.

Félix obtempéra et se mit à couper quelques herbes sous son regard scrutateur. Chaque geste était ponctué d'échanges furtifs, de contacts accidentels qui semblaient délibérés. L'atmosphère devenait lourde d'une tension exquise, une lente ascension vers un point de rupture qu'aucun des deux ne voulait précipiter.

Le repas fut un enchevêtrement de rires et de regards appuyés. Félix la dévorait du regard plus qu'il ne mangeait vraiment. Anna, elle, jouait avec sa fourchette, consciente de la présence électrisante de cet homme en face d'elle.

Ils étaient assis sur le canapé, une tasse de thé tiédie entre eux. La lumière tamisée donnait à la pièce une douceur qui contrastait avec la tension silencieuse qui pesait sur Félix. Anna l'observait du coin de l'œil, percevant son hésitation, la manière dont il triturait le bord de sa manche, comme s'il cherchait les mots sans savoir comment les assembler.

— Tu sais… finit-il par souffler. Je ne t'ai jamais vraiment parlé de mon enfance.

Anna se tourna légèrement vers lui, posant sa main sur la sienne dans un geste instinctif.

— Non, pas vraiment. Mais si tu veux me raconter, je suis là.

Il hocha la tête, baissa les yeux vers leurs mains jointes avant d'inspirer profondément.

— Mon père est parti quand j'avais six ans. Pas de grandes explications, pas de dispute dramatique. Un matin, il n'était plus là. Et je crois que ma mère n'a jamais vraiment encaissé le choc.

Anna resserra doucement sa prise sur sa main, l'encourageant à continuer.

— Elle s'est mise à... travailler. Encore plus qu'avant. Comme si c'était la seule façon de combler le vide qu'il avait laissé. Elle enchaînait les heures, ramenait du boulot à la maison, passait ses soirées sur son ordinateur ou au téléphone. Elle était là, mais jamais vraiment présente.

Un silence s'étira, et Anna sentit son cœur se serrer. Félix parlait d'une voix maîtrisée, presque détachée, mais elle percevait les fêlures sous la surface.

— Et toi ? demanda-t-elle doucement. Toi, tu faisais comment ?

Un rire bref, sans joie, lui échappa.

— Je me débrouillais. J'apprenais à ne pas trop faire de bruit, à ne pas déranger. Je me suis habitué à manger seul, à faire mes devoirs sans aide, à ne pas poser trop de questions. J'avais l'impression que si je réclamais quelque chose, je l'empêchais de tenir debout. Alors j'ai arrêté de réclamer.

Anna sentit sa gorge se nouer. Elle imagina Félix, enfant, cherchant du regard une attention qui ne venait pas, ravalant ses besoins pour ne pas peser sur une mère qui, elle aussi, devait être à bout.

— Félix... murmura-t-elle, sa voix pleine de tendresse.

Il releva la tête vers elle, surpris par la douceur avec laquelle elle prononçait son prénom. Elle aurait voulu le serrer contre elle, lui faire comprendre qu'il n'était plus seul, qu'il n'avait plus à se contenter des miettes de l'attention des autres.

— Ça a dû être si dur… dit-elle. Grandir en portant tout ça sur tes épaules.

Il haussa légèrement les épaules, comme pour minimiser l'impact, mais elle vit son regard briller d'une émotion contenue. Il n'était pas habitué à ce qu'on lui dise ça. À ce qu'on reconnaisse ce qu'il avait traversé.

— J'imagine que je n'ai jamais appris à compter sur quelqu'un, avoua-t-il. Et puis, au fil des années, c'est devenu une habitude. Faire comme si tout allait bien. Ne pas trop en dire. Ne pas trop espérer.

Anna sentit une douleur sourde lui traverser le cœur. Il parlait sans colère, sans amertume, juste avec une résignation qui la bouleversait. Elle glissa sa main sur sa joue, forçant Félix à ancrer son regard au sien.

— Tu n'es plus ce petit garçon tout seul, Félix.

Il la fixa, immobile. Elle sentit son souffle s'accélérer légèrement sous l'émotion, et elle poursuivit, d'une voix douce mais ferme :

— Tu n'as plus besoin de faire semblant, ni de tout garder pour toi. Tu peux compter sur moi. Je suis là.

Une ombre passa dans ses yeux, comme s'il luttait contre l'envie d'y croire. Mais elle tenait bon, ses doigts effleurant toujours sa joue, ancrée face à lui.

Et puis, lentement, quelque chose changea dans son regard. Une fragilité qu'il n'avait jamais laissée transparaître, un besoin d'être compris, accepté. Il baissa légèrement la tête, inspira profondément avant de murmurer :

— Merci, Anna.

Deux simples mots, mais qui pesaient lourd. Elle lui offrit un sourire tremblant, sentant une chaleur douce l'envahir. Elle savait que ce moment comptait. Que c'était la première fois qu'il se sentait véritablement entendu, que quelqu'un lui offrait un espace où il pouvait être lui-même, sans avoir à minimiser ce qu'il ressentait.

Alors elle fit la seule chose qui lui sembla juste : elle l'attira doucement contre elle, le laissant reposer sa tête contre son épaule. Il ne bougea pas au début, puis, lentement, il se laissa aller, abandonnant enfin une part du poids qu'il portait depuis trop longtemps.

Et dans ce silence partagé, elle sut. Elle sut qu'il venait de lui offrir une confiance qu'il n'avait jamais donnée à personne. Et qu'elle ferait tout pour en être digne.

— Tu me plais, murmura-t-il.

Elle leva les yeux vers lui, un éclat incertain dans le regard. L'envie brûlait sous sa peau, incandescente, et pourtant elle savait que si elle cédait maintenant, elle plongerait irrévocablement.

— Tu me plais aussi.

Ce fut elle qui fit le premier pas. Elle effaça la distance en se penchant vers lui, effleurant sa joue de son souffle avant que leurs lèvres ne se rencontrent. Le baiser était d'abord chaste, puis plus audacieux. Félix posa une main sur sa taille, l'attirant un peu plus contre lui. Elle se laissa faire, s'accrochant à sa chemise comme si elle craignait qu'il disparaisse.

Les premières secondes s'étirèrent, fragiles, hésitantes, comme si le monde autour d'eux n'osait bouger, comme suspendu à ce moment précis. Leurs lèvres se cherchaient, se retrouvaient, et, à chaque baiser, le désir grandissait, se faisait plus évident, plus insistant. La chaleur qui montait entre eux envahissait l'air, les enveloppait. Elle sentit ses mains trembler légèrement lorsqu'il effleura sa peau sous son col, traçant un chemin du bout des doigts le long de son épaule. L'instant se faisait incertain, mais étrangement rassurant.

Les gestes devinrent plus pressants, plus impatients. Les vêtements tombèrent un à un, dévoilant des corps avides de se découvrir. Ses mains glissèrent sur la peau chaude de son dos, frôlant les lignes et les courbes comme si elles les redécouvraient. Félix la regarda, un éclair de désir dans ses yeux, avant de l'attirer de nouveau vers lui. Un frisson parcourut Anna lorsqu'il la souleva légèrement, comme pour l'emporter ailleurs, dans un endroit hors du temps, hors des mots.

Félix glissa ses lèvres le long de son cou, savourant chaque soupir qu'elle laissait échapper. Le contact de sa peau contre la sienne était brûlant, électrique, et pourtant d'une douceur infinie. Anna, elle, s'abandonna entièrement, s'accrochant à lui comme une évidence longtemps retenue. Chaque caresse, chaque geste semblait répondre à une attente silencieuse, un désir refoulé depuis trop de temps. L'instant était suspendu, chaque mouvement semblait être le début de quelque chose de plus, de plus profond.

Elle se laissa guider, ses mains trouvant instinctivement leur chemin, effleurant, découvrant, appréciant les nuances de sa peau. Ses lèvres, avides, cherchaient la sienne, cherchaient ce lien qu'elle n'avait pas osé comprendre jusque-là. Elle se perdit dans la chaleur de ses baisers, la profondeur de son regard, dans l'intensité de ce qu'il lui offrait sans mot dire. Leurs corps se retrouvaient, se cherchaient, se frôlaient dans une danse silencieuse, une danse où chaque mouvement semblait les rapprocher un peu plus de l'inévitable.

La pièce se fit plus intime, plus étroite sous la chaleur croissante de leur union. Les gestes se faisaient plus sûrs, plus affirmés, et chaque frôlement, chaque contact, semblait les pousser plus loin, dans cette exploration silencieuse, intense. Les soupirs d'Anna, qu'elle n'arrivait plus à retenir, se mêlaient aux gémissements étouffés de Félix. Leur alchimie était palpable, vibrante dans l'air lourd de désir.

L'union entre eux ne se fit pas avec brutalité, mais avec la douceur d'une rencontre longtemps attendue, comme si le monde avait arrêté de tourner pour leur accorder ce moment. Chacun d'eux s'efforçait de ne pas précipiter les choses, savourant chaque seconde, chaque touche, chaque mouvement. Ils étaient là, ensemble, dans un instant suspendu où l'extase n'était pas simplement physique mais aussi émotionnelle, une communion de deux âmes qui se retrouvaient enfin après tant de non-dits.

Les baisers se firent plus insistant, plus profonds. La pièce semblait être remplie de leur désir, de cette tension palpable entre eux, chaque souffle se synchronisant dans une harmonie parfaite. Lorsqu'enfin, tout se fit plus fluide, plus naturel, Anna se laissa emporter dans ce tourbillon de sensations, dans cette folie douce et inédite qu'il lui offrait. Félix, dans un murmure, l'attira encore un peu plus près, sa respiration contre la sienne, et dans l'ombre de cet instant, tout se fondit dans l'intensité d'un seul et même battement.

Leurs gestes, leurs corps, se faisaient échos dans une complicité silencieuse, une alchimie magnétique. Ils n'étaient plus que des mouvements et des soupirs, une entité unique, ivres de ce qu'ils vivaient enfin ensemble. L'instant perdura, suspendu dans une harmonie parfaite, là où le monde extérieur n'avait plus sa place.

Plus tard, allongés dans le noir, les corps encore entrelacés, Pumpkin sauta sur le lit, plantant ses yeux accusateurs dans ceux de Félix. Ce dernier esquissa un sourire fatigué.

— Je crois qu'il veut que je parte.

— Non, il veut juste récupérer sa place près de moi.

Anna ria tendrement et se blottit contre Félix, qui l'enroula dans ses bras, refusant de rompre cette nuit trop parfaite.

Le lendemain matin, elle s'éveilla la première. Il était là, paisible, sa respiration lente et profonde. Elle contempla son visage endormi et un frisson l'envahit, un vertige velouté et amer.

Était-ce ainsi que naissaient les amours irréversibles ?

Félix entrouvrit les yeux et lui sourit, encore engourdi.

— Bonjour, toi.

Il l'attira contre lui et l'embrassa lentement, comme s'il voulait figer le temps.

Dans la cuisine, entre deux gorgées de café, Félix lui vola un baiser. Elle sourit, baissant les yeux sur son bol.

— Tu sais que je vais avoir du mal à partir, lâcha-t-il.

— Moi aussi, murmura-t-elle dans un souffle.

Elle mordilla sa lèvre, ravalant un sourire fuyant.

Je suis foutue.

Elle l'aimait, c'était une évidence. Jamais elle n'avait ressenti cela avec une telle intensité, jamais elle ne s'était sentie aussi vivante. Chaque sourire échangé était une promesse silencieuse, chaque instant passé ensemble semblait voler à la réalité un fragment d'éternité. Elle voulait le dire, le crier, le proclamer au monde entier : elle était amoureuse. Follement, éperdument, irrationnellement. Elle se surprenait à rêver, à imaginer un futur à deux, esquissant mentalement des scènes dignes des plus belles romances. Une maison baignée de lumière, des rires d'enfants, un chien courant dans le jardin… Des clichés, peut-être. Mais ces images avaient une saveur douce et rassurante, un écho à ces films hollywoodiens qu'elle regardait adolescente, en espérant, en attendant, que son tour viendrait. Et aujourd'hui, elle avait l'impression d'y être, de vivre enfin cette histoire qu'elle avait tant espérée.

Mais dans ces instants de félicité absolue, une ombre passait parfois sur son cœur. Un frisson imperceptible, une hésitation fugace. L'amour de film, aussi beau soit-il, restait une illusion soigneusement orchestrée, une mise en scène où tout était parfait. Or, la réalité n'avait pas de script. Les émotions étaient imprévisibles, les cœurs parfois capricieux. Elle devait s'en souvenir. Elle devait se protéger. Car si elle se laissait complètement emporter, si elle oubliait toute prudence, qu'adviendrait-il si cette passion venait à vaciller ?

Alors, elle savourait chaque instant, intensément, sans réserve. Mais quelque part en elle, une partie de son cœur restait sur le qui-vive, attentive, prudente. Elle voulait aimer, elle voulait croire en cette histoire, mais elle savait aussi qu'aimer, ce n'était pas seulement se jeter à corps perdu dans l'euphorie du moment. C'était apprendre à avancer sans se perdre soi-même. Et c'était là, peut-être, la plus grande des épreuves.

6

PORTRAIT D'UNE ENTREMETTEUSE

Quelle ne fut pas la surprise de Nadine quand elle vit Félix et Anna entrer ensemble, main dans la main, dans la boutique. Son cœur bondit, un sourire lui échappa malgré elle. Son plan fonctionnait-il ? Ou bien le destin s'amusait à la devancer ?

Elle s'autorisa un instant à les observer, le regard pétillant d'un feu mal dissimulé. Anna, légèrement rougissante, semblait pourtant parfaitement à l'aise. Son t-shirt blanc, léger, suivait les mouvements de son buste tandis que sa longue jupe fleurie ondulait au rythme de ses pas.

À son épaule, un tote bag débordant de livres et d'objets en tout genre alourdissait sa silhouette, et Félix, sans un mot, s'en empara naturellement, comme s'il avait toujours fait cela. Ses lunettes de soleil en écaille de tortue, coincées dans sa cascade de boucles brunes, laissaient échapper quelques mèches sur son front. L'été révélait sur sa peau les tatouages discrets, ces petites empreintes d'histoires qu'elle portait fièrement sans jamais les exhiber.

Félix, vêtu d'un t-shirt vert d'eau et d'un short, partageait avec elle une aisance évidente. Sa paire de Birkenstock, identique à celle d'Anna, claquait doucement contre le parquet de la librairie. Ils formaient un duo d'une simplicité lumineuse, un équilibre qui crevait les yeux, une évidence qui rendait tout naturel. Nadine les observait, fascinée par cette fluidité entre eux, cette façon qu'ils avaient de se mouvoir en harmonie, de deviner les besoins de l'autre sans qu'aucun mot ne soit nécessaire.

Anna flâna entre les rayonnages, le regard accroché aux titres, tandis que Félix la suivait, portant son sac avec un air tendre. Il l'écoutait attentivement, hochant la tête à ses hésitations, rebondissant sur ses réflexions avec une pertinence qui montrait qu'il avait retenu chaque commentaire qu'elle avait fait sur sa lecture précédente. À chaque livre qu'elle effleurait, il semblait déjà en deviner l'intérêt pour elle. Lorsqu'elle s'attarda sur un roman en particulier, il esquissa un sourire et souffla :

— Celui-là, je suis sûr qu'il va te plaire.

Anna releva les yeux vers lui, mi-amusée, mi-surprise. Elle plissa légèrement le front, comme si elle commençait à se douter de quelque chose. Comment pouvait-il savoir ? Depuis quand connaissait-il si bien ses goûts ? Un soupçon naquit dans son regard, mais elle ne dit rien, laissant planer une hésitation avant d'attraper le livre et de l'ajouter à sa pile.

De son comptoir, Nadine brûlait d'envie d'intervenir, de poser mille questions, de comprendre comment cette complicité avait éclot. Elle sentait ses joues la trahir, une excitation enfantine la gagnait, et elle dû faire un effort surhumain pour ne pas les assaillir de questions. Elle se contenta d'un sourire en coin, tentant de masquer sa curiosité sous un air faussement détaché.

Lorsqu'ils se dirigèrent vers la caisse, Anna jeta un regard appuyé à Nadine, comme si quelque chose clochait. Un pressentiment. L'ombre d'un doute. Elle connaissait Nadine, et elle savait lire dans ses regards malicieux. Son ton se fit un brin taquin lorsqu'elle lança :

— On dirait que ça te fait drôlement plaisir de nous voir ensemble.

Nadine haussa innocemment les épaules, un éclat de malice dans les yeux.

— Moi ? Mais pas du tout, voyons !

Anna ne répondit pas immédiatement. Elle observa Nadine quelques secondes de plus, puis Félix, puis son propre tote bag qu'il portait toujours. Et elle comprit qu'elle venait de poser le pied sur une piste, sans encore savoir où elle menait.

Quand ils quittèrent la boutique, Nadine resta là, au milieu des étagères, son soupir se mêlant à l'odeur du papier. Un sourire satisfait sur les lèvres, elle se laissa aller contre son comptoir. Que le destin ait fait son œuvre ou non, le résultat était là : ils allaient ensemble comme les pages d'un même livre.

Mais Nadine n'avait pas toujours été cette femme posée, cette entremetteuse bienveillante. Son propre passé amoureux portait les traces d'un amour qu'elle avait laissé filer, un amour jamais vraiment oublié.

Il y avait eu Arthur.

Elle avait vingt ans lorsqu'elle l'avait rencontré. C'était lors d'un réveillon de la Saint-Sylvestre, en 1987. L'insouciance brûlait en elle, incandescente, la portait d'une manière presque vertigineuse. Cette soirée-là, elle fumait sans retenue, riait aux éclats, dansait sur les tables au son des tubes d'une époque révolue. Elle était jeune, libre, exaltée, et belle.

Arthur l'avait remarquée d'emblée, bien sûr. Comment ne pas la voir ? Il était décontenancé. Elle était éclatante, mais trop vive, trop impétueuse. Il n'avait pas l'habitude des femmes comme elle. Nadine semblait n'avoir peur de rien, alors qu'il était mesuré, réfléchi. Il s'était tenu en retrait, préférant observer.

Mais Arthur ne fut pas le seul à avoir été frappé par la présence magnétique de Nadine ce soir-là. Deux de ses amis, Laurent et Thomas, avaient eux aussi flashé sur elle. Tous trois l'avaient vue, mais aucun n'avait osé l'aborder directement. Elle était comme une comète, belle et insaisissable.

Arthur n'osa pas s'imposer. Il la voulait, mais il ne savait pas comment l'approcher. Alors, quelques jours après cette soirée, il avait contacté Sandrine, la grande amie de Nadine, celle qu'il connaissait bien. Il lui avait parlé d'elle, de son envie de la revoir, de son impression de n'avoir fait que l'apercevoir sans jamais vraiment la rencontrer. Sandrine avait ri. Elle connaissait Nadine mieux que personne et savait qu'elle était souvent insaisissable, passant d'un être à l'autre avec une légèreté fascinante. Mais quelque chose dans la demande d'Arthur la toucha. Il semblait sincère, réellement troublé.

C'est elle qui avait tout orchestré. Une surprise pour les 21 ans de Nadine. Une façon de la piéger dans un moment où elle ne pourrait pas fuir, où elle serait obligée de regarder Arthur en face.

Et ce fut une réussite.

Le soir de son anniversaire, quand Nadine entra dans la pièce où tous ses amis l'attendaient, un éclat de surprise illumina ses traits. La lumière tamisée, filtrée par des guirlandes multicolores, donnait à l'appartement une ambiance presque irréelle. Les murs étaient recouverts d'affiches de concerts et de pochettes de vinyles, vestiges d'une époque qu'elle vénérait sans l'avoir vécue. Les années 80 vibraient dans chaque recoin de cette soirée, des synthés entêtants de Dépêche Mode aux basses funky de Prince qui faisaient trembler le parquet usé.

Nadine, dans son pantalon en velours côtelé orange, avançait avec sa fougue habituelle. Ses longs cheveux blonds ondulaient au rythme de ses mouvements, sa silhouette élancée se frayait un chemin entre les invités. Son rire cristallin résonnait déjà dans la pièce, vibrant à l'unisson avec l'énergie débordante de la fête. Elle semblait libre, insaisissable, une étoile filante dans ce microcosme d'étudiants insouciants.

L'air était chargé de l'odeur mêlée des bières tièdes et des alcools forts, des chips écrasées sous les pas, des gâteaux apéritifs grignotés distraitement. Une moiteur douce s'accrochait aux murs, témoin des corps en sueur qui dansaient sans retenue, bercés par l'excitation du moment. Dans cet univers presque onirique, entre le vacarme des discussions, les exclamations joyeuses et la musique enivrante, elle le vit.

Arthur.

Il était là, silencieux, mais présent. Pas de sourire conquérant, pas de grand geste exagéré, juste lui, avec cette manière d'être, cette solidité tranquille qui tranchait avec le tumulte ambiant. Ce ne fut pas un coup de foudre, non. Plutôt un frisson, une promesse à peine murmurée. Quelque chose dans sa posture, dans la façon dont son regard la suivait sans jamais chercher à la capturer, éveilla sa curiosité. Il ne dégageait pas l'assurance arrogante de certains hommes qui l'entouraient, mais, une sorte de sérénité, une force discrète qui l'attirait sans qu'elle sache encore pourquoi.

Elle s'approcha, portée par un élan qu'elle ne s'expliquait pas. Leur conversation débuta sans effort, comme si elle s'inscrivait naturellement dans le fil de la soirée. Ils parlèrent longtemps, de tout et de rien. De musique, bien sûr. Il lui confia son admiration pour The Pixies, elle défendit bec et ongles la supériorité de Bowie. Ils discutèrent des films de l'époque, des soirées qu'ils auraient rêvé vivre, des rêves qui semblaient si grands à cet âge où tout était encore possible.

Ils dansèrent un peu, aussi. Pas comme les autres, pas dans cette transe débridée qui animait la pièce, mais d'une manière plus subtile. Un pas de côté, un éclat de rire, un frôlement. Elle aimait cette légèreté, cette complicité qui naissait entre eux sans qu'elle ait besoin de la provoquer. Nadine ne s'attendait pas à cela : découvrir en lui un humour tendre, une manière douce de voir le monde. Il n'essayait pas de l'impressionner, il était juste lui-même. Et cela lui plut.

Les heures s'étirèrent sans qu'elle ne les voie passer. À un moment, alors qu'elle cherchait une bière dans la cuisine, il la rejoignit. La lumière blafarde de l'ampoule suspendue révélait des traits plus fins qu'elle ne l'avait d'abord cru, une intensité dans le regard qu'elle n'avait pas encore saisie. Il lui tendit une bouteille, sans un mot, juste un sourire en coin. Un silence complice s'installa entre eux, plus fort que toutes les conversations échangées ce soir-là.

La soirée se dissipa peu à peu, les corps fatigués s'affaissant sur le canapé, les rires se muant en chuchotements. Nadine sentait encore l'énergie de la fête vibrer en elle, mais une autre émotion, plus douce, plus insidieuse, prenait place. Arthur ne ressemblait pas aux autres. Il n'essayait pas de la posséder, de la séduire par des artifices. Il la regardait simplement être, et c'était peut-être cela qui la troublait le plus.

Les jours suivants, elle pensa à lui plus souvent qu'elle ne l'aurait cru. Elle s'étonna à chercher sa présence dans les couloirs de la fac, à se rappeler leurs éclats de rire, la sensation furtive de sa main frôlant la sienne. Elle, qui ne s'attachait à personne, se surprenait à attendre un signe, une rencontre fortuite. Mais Arthur restait insaisissable à sa manière, apparaissant là où elle ne l'attendait pas, disparaissant avant qu'elle n'ait pu vraiment le saisir.

Et puis un soir, autour d'une table encombrée de rires et de miettes de frangipane, ils se retrouvèrent. Pas de déclaration enflammée, pas de grand geste théâtral. Juste Arthur, un éclat taquin dans le regard, tendant à Nadine une part de galette avec une insistance feutrée. Elle protesta en riant qu'elle n'avait jamais de chance, qu'elle ne tomberait jamais sur la fève.

— Regarde quand même murmura-t-il. Elle obéit, du bout des doigts, et son cœur s'arrêta une seconde – la fève y était. Alors il posa la question déconcertante.

— Tu veux être ma reine pour toute la vie ?

Et Nadine, l'électron libre, l'ouragan, sentit quelque chose se déposer en elle avec tendresse. Pas une promesse, pas une chaîne. Juste une évidence, un frisson à apprivoiser, comme un conte qu'on n'ose pas trop raconter à voix haute, de peur qu'il s'envole.

Ce fut ainsi que tout commença.

Vingt-quatre années d'amour. Vingt-quatre années à se construire à deux, à grandir ensemble, à rire, à voyager, à partager chaque recoin de leur être. Ils traversèrent des tempêtes, comme tous les couples, mais toujours, ils se retrouvaient. Ils avaient créé un univers à eux, où tout était possible, où l'amour était une évidence.

Mais à quarante ans, Nadine comprit que quelque chose d'essentiel les séparait.

Arthur voulait un enfant.

Elle, non.

Elle avait toujours su qu'elle n'en voudrait pas, mais elle n'avait jamais mesuré à quel point cela pourrait devenir un fossé infranchissable. Arthur, lui, avait pensé que les années, l'amour, la stabilité changeraient les choses. Que, peut-être, un jour, elle céderait. Mais Nadine resta fidèle à elle-même. Elle ne voulait pas plier, ne voulait pas renoncer à ses convictions pour le satisfaire. L'aimer, oui, mais pas se trahir.

Ils essayèrent d'ignorer l'ombre qui grandissait entre eux. Mais l'amour, aussi puissant soit-il, ne peut suffire quand les chemins divergent irrémédiablement. Alors, après des mois de déchirements, de discussions sans fin, de larmes parfois silencieuses, parfois bruyantes, ils prirent la décision la plus douloureuse de leur existence.

Ils se quittèrent.

Ce fut la plus grande souffrance de Nadine. Elle ne s'en remit jamais vraiment. Elle continua de vivre, bien sûr. Elle eut d'autres amants, des aventures plus ou moins longues, plus ou moins sincères. Mais jamais plus elle ne connut cet amour-là. Cet amour absolu, évident, intense.

Arthur devint une absence présente, une plaie qui ne guérirait jamais tout à fait. Chaque jour, elle se rappelait à quel point l'amour pouvait être beau. Et dévastateur.

C'était peut-être pour cela qu'elle s'impliquait autant dans la vie des autres, qu'elle voyait en Anna et Félix une possibilité de rattraper ce qu'elle-même avait perdu. Un moyen détourné de réécrire son propre passé, d'influencer le destin à travers eux.

— Tu t'immisces un peu trop dans la vie des autres.

Sandrine posa sa tasse de café sur la table avec un léger claquement, les sourcils froncés. Elle fixait Nadine d'un air qui oscillait entre l'amusement et la réprobation. Elles étaient installées en terrasse d'un petit café, le bruit de la ville en fond sonore, les passants qui allaient et venaient dans la fraîcheur du matin.

Nadine, imperturbable, remua son thé, les yeux baissés sur le liquide ambré.

— Je ne fais qu'apporter une modeste contribution.

— Et si cette modeste contribution entravait le cours naturel des choses ?

Nadine ne répondit pas immédiatement. Cette question, elle se l'était déjà posée, par bribes, sans jamais vraiment vouloir y faire face. Et si, au lieu d'aider, elle forçait les choses ? Mais ce matin, en voyant Anna et Félix, elle avait eu l'intime conviction que quelque chose était différent. Ce n'était pas seulement son intervention qui avait provoqué ce frémissement imperceptible entre eux. Peut-être que, pour une fois, la vie n'avait pas besoin d'elle.

— Honnêtement, Nadine, ne crois-tu pas que tu projettes un peu trop sur eux ? poursuivit Sandrine, l'air soudain plus doux. Que tu cherches à réparer quelque chose qui ne t'appartient pas ?

Nadine esquissa un sourire en coin.

— Je ne vois pas de quoi tu parles.

— Arthur.

Le nom flottait entre elles, suspendu dans l'air comme une note dissonante. Nadine joua avec l'anse de sa tasse avant de soupirer.

— C'est du passé.

— Tu affirmes cela, mais au lieu de penser à toi, tu t'acharnes à jouer les entremetteuses. As-tu envisagé de rencontrer quelqu'un ?

Nadine eut un rire bref.

— C'est compliqué lorsque l'on travaille à son compte.

Sandrine roula des yeux.

— Voilà une excuse bien commode ! Avec toutes les applications qui existent, il te suffit de parcourir quelques profils en buvant ton thé !

Nadine grimaça.

— Les applications, très peu pour moi. J'ai passé l'âge.

— Voyons, tu n'es tout de même pas une vieille dame, tu as cinquante-huit ans Nadine ! s'indigna Sandrine. Ce n'est pas parce que tu n'as plus vingt ans que tu n'as plus le droit d'avoir une vie sentimentale !

— Ce n'est pas cela, répliqua Nadine en baissant la voix. Je ne me sens tout simplement pas à ma place.

Sandrine croisa les bras, l'air songeur.

— Peut-être crains-tu de te lancer.

Nadine leva les yeux au ciel, mais son silence parlait pour elle. Elle n'avait jamais été douée pour parler d'elle, et encore moins de ce vide qui, parfois, la prenait au creux du ventre. Forcément, il était plus simple de se concentrer sur la vie des autres.

— Réfléchis-y, ajouta Sandrine en terminant son café. Peut-être que la personne qui a besoin d'un petit coup de pouce, c'est toi.

Elle esquissa un sourire, mais ne répondit pas. Les mots de son amie tournaient dans sa tête. Peut-être, après tout.

Le retour de Nadine se fit sous un soleil accablant, la chaleur de juillet rendant l'air presque étouffant. Gustave, son corgi au ventre rebondi, trottinait à ses côtés avec la fierté indéfectible des chiens un peu trop bien nourris. Il avançait d'un pas déterminé, laissant sa langue pendante trahir son effort sous la chaleur.

Bordeaux, en ce début d'après-midi, vibrait d'une énergie bouillonnante. Les ruelles pavées, d'ordinaire paisibles en matinée, commençaient à se remplir d'une foule dense, touristes en quête de fraîcheur et habitants accablés par la moiteur de la ville. La place Fernand Lafargue, qu'elle longeait, bruissait de conversations et de tintements de verres. Aux terrasses, les consommateurs cherchaient un peu d'ombre sous les parasols, feuilletant distraitement leurs cartes de cocktails glacés.

Nadine avançait d'un pas mesuré, ajustant machinalement sa ceinture marron, parfaitement assortie à ses mocassins en cuir. Son pantalon en lin crème ondulait légèrement sous la brise tiède, son t-shirt kaki contrastant avec le rouge éclatant de ses lunettes, sa signature. Elle aimait cette tenue, simple et élégante, une affirmation discrète de son goût raffiné.

Rue Sainte-Colombe, son regard fut attiré par la devanture délicate de « Pivoine », une boutique de fleurs récemment ouverte. La fraîcheur végétale qui s'en échappait contrastait agréablement avec l'air brûlant du dehors. Curieuse, elle poussa la porte, déclenchant le tintement léger d'une clochette.

À l'intérieur, une brise fraîche caressait son visage. L'odeur mêlée des pivoines, roses et eucalyptus créait une atmosphère apaisante. Derrière le comptoir, Charlotte, la gérante, releva la tête avec un sourire chaleureux.

— Nadine, quelle surprise ! Entrez, entrez, vous avez l'air de souffrir de cette chaleur.

Nadine sourit, caressant distraitement la tête de Gustave qui s'était effondré sur le carrelage frais, ravi de cette pause inespérée.

— Une vraie fournaise dehors. Votre boutique est un havre de fraîcheur.

— C'est l'avantage d'être entourée de fleurs ! plaisanta Charlotte.

— Que puis-je pour vous ?

Avant que Nadine ne réponde, une silhouette familière surgit de la réserve, les bras chargés d'un bouquet en cours de préparation.

— Anna ? s'exclama-t-elle, interloquée.

Anna releva la tête, visiblement surprise, avant de sourire.

— Nadine ! Quelle coïncidence.

— Que fais-tu ici ?

Anna posa délicatement les fleurs avant de s'essuyer les mains sur son tablier.

— Je fais un stage ici. Enfin, pour le moment.

Intriguée, Nadine croisa les bras.

— Un stage ?

Anna hocha la tête.

— Oui, et d'ici la fin de l'été, je vais m'associer avec Charlotte. Nous allons proposer des ateliers de confection de bouquets, de couronnes florales, ce genre de choses.

Nadine observa la jeune femme un instant, percevant dans son regard une excitation contenue, mais aussi une pointe d'appréhension.

— C'est un très beau projet, déclara-t-elle enfin.

Anna sourit, visiblement rassurée par ces mots.

Charlotte intervint avec enthousiasme.

— Elle a un talent fou, vous devriez voir ses compositions.

Nadine échangea un regard complice avec Anna. Peut-être que, cette fois, les choses se mettaient naturellement en place, sans qu'elle ait besoin d'intervenir.

Elle repensait à cette journée étrange. À Félix et Anna. À son propre passé. À tout ce qu'elle projetait sur eux. Peut-être que Sandrine avait raison, peut-être devait-elle lâcher prise.

Mais en elle, une petite voix lui soufflait que parfois, le destin avait besoin d'un coup de pouce, et qu'il aurait bientôt besoin d'elle une nouvelle fois.

∴

7

Pour le meilleur et pour le pire

∴

Félix, attablé à une terrasse ensoleillée, jouait distraitement avec la cuillère de son café à moitié vidé. Face à lui, Maxime sirotait une bière, l'air faussement nonchalant. Ses longs cheveux châtains, éclaircis par le soleil, retombaient en mèches indisciplinées autour de son visage. Une salopette en jean, usée juste comme il faut, était posée sur un t-shirt blanc immaculé. Sur ses bras musclés, quelques tatouages apparaissaient sous la lumière tamisée du début de soirée. Maxime était de ces hommes qui attiraient les regards, charmeur sans effort, mais farouchement libre.

Il planta son regard perçant dans celui de Félix et esquissa un sourire en coin.

— Et donc, Anna et toi… ? Félix releva les yeux de sa tasse, un sourcil légèrement haussé.

— Quoi, Anna et moi ?

Maxime laissa échapper un rire bref avant de secouer la tête.

— Ne me fais pas ce coup-là. Je te connais trop bien. Tu la regardes comme si t'étais déjà foutu.

Félix soupira, se penchant en arrière sur sa chaise. Il passa une main dans ses cheveux, visiblement mal à l'aise.

— Elle est… spéciale. Différente. J'sais pas trop comment l'expliquer.

Maxime posa sa bière sur la table et croisa les bras.

— Tu sais très bien comment l'expliquer. T'es juste en train de te noyer dans tes propres hésitations.

Un silence s'installa. Félix n'était pas du genre à s'épancher sur ses sentiments. Mais Maxime, lui, savait lire entre les lignes. Toujours là, plus que de raison, pour ses amis. Pas vraiment stable sentimentalement, mais une valeur sûre quand il s'agissait d'être un soutien.

— T'hésites à l'inviter au mariage de ton père, c'est ça ? finit-il par dire, sans détour.

Félix joua de nouveau avec sa cuillère avant d'hocher lentement la tête.

— Ouais. Ça voudrait dire quelque chose, non ?

Maxime émit un petit sifflement et se laissa aller contre le dossier de sa chaise.

— Bah oui, justement. Ça veut dire que t'as envie qu'elle fasse partie de ta vie.

Félix pinça les lèvres, hésitant.

— Ce n'est pas si simple. Je veux dire… elle et moi, on n'est pas…

— Officiellement ensemble ? termina Maxime pour lui.

Félix hocha la tête.

— Justement, mec. Le problème, c'est pas si elle va venir ou non. Le problème, c'est que t'as déjà pris ta décision, mais que t'oses pas l'admettre.

Un sourire mi-amusé, mi-lassé étira les lèvres de Félix.

— Toujours aussi subtil…

Maxime haussa les épaules, faussement innocent.

— Toujours aussi bon conseiller, surtout. Allez, t'as peur de quoi ? Que ce soit trop sérieux ? Trop officiel ?

Félix fixa un instant la rue animée devant eux, laissant son regard errer sur les passants. Il n'avait pas de réponse toute faite. Il savait juste qu'Anna occupait ses pensées bien plus qu'il ne l'aurait cru.

— J'ai peur de me planter. De me jeter dans un truc qui, au final, ne marcherait pas.

Maxime leva les yeux au ciel.

— Ça, c'est l'excuse classique. Tu veux la vérité ? T'es déjà dedans jusqu'au cou. T'as juste pas envie de l'accepter.

Félix souffla, vaincu.

— Peut-être...

— Peut-être, mon cul. Invite-la. Sérieusement. Arrête de réfléchir trois heures, envoie-lui un message.

Félix observa son téléphone posé sur la table. Un seul message, et tout pourrait basculer.

— Si elle dit non ? demanda-t-il, comme un dernier rempart.

Maxime haussa un sourcil, un sourire en coin.

— Elle ne dira pas non.

Félix fixa son téléphone, son doigt suspendu au-dessus du bouton « envoyer ». Il savait que cette invitation était une folie, une source probable de tensions et d'inconfort. Mais il savait aussi qu'il voulait Anna à ses côtés. Inspirant profondément, il appuya sur l'écran.

La clochette tinta doucement lorsque Anna poussa la porte de Pivoine, libérant un mélange d'effluves floraux qui flottait dans l'air, doux et enveloppant comme une caresse. L'odeur sucrée des pivoines se mêlait à la fraîcheur herbacée de l'eucalyptus, tandis qu'une touche citronnée de mimosa apportait une pointe de vivacité.

Le parquet blond craquait légèrement sous ses pas tandis qu'elle avançait entre les bouquets soigneusement disposés. Au fond, Charlotte s'activait derrière le comptoir en bois brut, entourée de rubans de satin, de bobines de ficelle et de petits sécateurs argentés.

La musique qui flottait dans l'air était douce et ensoleillée, une playlist feel-good qu'elles avaient créée ensemble, alternant classiques du jazz et morceaux folk chaleureux. Un air de Norah Jones murmurait dans les enceintes, donnant au lieu une atmosphère encore plus cocooning.

— Tu es pile à l'heure ! s'exclama Charlotte en levant les yeux. J'avais hâte de voir ce que tu avais trouvé !

Anna esquissa un sourire et posa son sac sur l'un des tabourets hauts qui bordaient le comptoir. Elle sortit son téléphone et ouvrit l'application Pinterest, faisant défiler plusieurs images de salles aménagées pour des ateliers floraux.

— J'ai pensé qu'on pourrait jouer sur un esprit bohème et naturel, expliqua-t-elle en tendant l'écran à Charlotte. Des grandes tables en bois clair, quelques éléments en rotin, et des tabourets hauts pour que les participantes puissent travailler à l'aise. Qu'est-ce que tu en penses ?

Charlotte observa attentivement les images avant de sourire avec enthousiasme.

— J'adore ! C'est exactement ce que j'imaginais ! Avec quelques guirlandes lumineuses pour apporter une touche tamisée et cocooning en soirée… Et peut-être un petit coin salon avec des fauteuils en velours pour les pauses.

Anna hocha la tête, satisfaite. Elles continuèrent à discuter, peaufinant les détails, imaginant l'agencement idéal. Charlotte griffonnait quelques notes sur son carnet, le regard pétillant d'idées nouvelles.

Soudain, une vibration attira l'attention d'Anna. Elle sortit son téléphone et son cœur fit un bond en voyant le nom de Félix apparaître sur l'écran. Elle déverrouilla son appareil et lut rapidement le message :

"Anna, j'aimerais que tu viennes avec moi au remariage de mon père à Sarlat dans quinze jours. Qu'est-ce que tu en dis ?"

Son souffle se suspendit. Une chaleur douce, presque grisante, l'envahit à l'idée que Félix veuille partager ce moment avec elle. Mais aussitôt, l'appréhension se glissa dans son esprit. Ce mariage impliquait de rencontrer sa famille, d'entrer dans son intimité, se fondre dans un univers différent du sien.

Charlotte, qui avait remarqué son trouble, posa doucement une main sur son bras.

— Tout va bien ?

Anna hésita une fraction de seconde avant de lui tendre le téléphone. Charlotte parcourut le message et un sourire malicieux étira ses lèvres.

— Oh, mais c'est une super nouvelle !

— Tu crois ? souffla Anna, partagée entre euphorie et panique. Je ne sais pas… un mariage, ce n'est pas rien. Je vais rencontrer toute sa famille d'un coup. Et si… si je ne fais pas bonne impression ?

Charlotte haussa un sourcil.

— Arrête. Bien sûr que tu feras bonne impression. Tu es intelligente, drôle et adorable. Et puis, s'il te propose de venir, c'est qu'il a envie que tu sois là. Ce n'est pas un détail anodin.

Anna baissa les yeux vers l'écran de son téléphone, jouant nerveusement avec le coin de sa housse en cuir. Elle le savait, au fond. Félix n'était pas du genre à inviter quelqu'un à la légère à un événement familial aussi important.

— J'ai peur que ce soit trop, murmura-t-elle. Que... que cela change quelque chose entre nous.

Charlotte croisa les bras et la fixa avec douceur.

— Anna, tu te protèges trop. Parfois, il faut juste sauter dans l'inconnu et voir où cela nous mène. Ce mariage, c'est une invitation à entrer un peu plus dans sa vie. Et si tu n'y vas pas, tu risques de le regretter.

Anna prit une inspiration profonde, laissant les paroles de Charlotte s'imprégner en elle. Une partie d'elle savait que son amie avait raison. L'idée de passer un week-end avec Félix, de le voir dans un contexte différent, entouré de sa famille, lui paraissait aussi effrayante qu'exaltante.

Elle releva les yeux vers Charlotte, qui attendait, l'air confiant.

— Tu crois que je devrais lui répondre quoi ?

Charlotte sourit en coin.

— Oui. Juste oui.

Anna expira lentement, puis, avec une pointe de défi dans le regard, elle déverrouilla son téléphone et tapota rapidement sa réponse :

"J'en dis que c'est une idée un peu folle, mais... oui."

Elle appuya sur "envoyer" et, tandis qu'elle reposait son téléphone sur le comptoir, elle sentit une étrange légèreté s'emparer d'elle. Peut-être que Charlotte avait raison. Peut-être était-il temps de cesser de trop réfléchir et de simplement suivre le courant.

Le soleil d'août irradiait le paysage, étirant ses rayons dorés sur les vallons verdoyants du Périgord Noir. Depuis la voiture, Anna observait avec émerveillement la nature généreuse qui s'étendait sous ses yeux. Les collines, douces et ondulantes, formaient un écrin luxuriant où se mêlaient les nuances profondes des forêts de chênes et les éclats d'or des champs de tournesols en plein épanouissement. Çà et là, de vieux murets de pierres sèches découpaient le paysage, marquant des chemins sinueux qui disparaissaient entre les vignes et les truffières secrètes.

Félix, au volant, jetait parfois un regard amusé vers elle. Il l'avait déjà vue émerveillée par un paysage, mais son regard s'éclairait d'une douceur nouvelle, une façon d'absorber chaque détail comme si elle voulait l'ancrer au plus profond d'elle-même.

— C'est beau, souffla-t-elle, le regard rivé sur un petit château perché sur une colline, ses tours dominant la vallée tel un vestige d'un autre temps.

— C'est chez moi, fit Félix avec un sourire tendre. Ou presque.

Leur route sinueuse les conduisit bientôt aux abords de Sarlat, joyau médiéval où la pierre dorée des façades scintillait sous le soleil. La ville grouillait de vie. Les ruelles pavées résonnaient d'un mélange de langues, le français se mêlant à l'anglais chantant de quelques touristes britanniques et à l'espagnol vif des vacanciers venus du sud. Le marché embaumait d'effluves alléchantes, où se devinaient le foie gras, les noix caramélisées et le fromage affiné. La chaleur du jour s'adoucissait sous l'ombre des bâtisses séculaires, et un léger souffle d'air glissait entre les venelles étroites, apportant un peu de répit aux passants.

— Tu veux qu'on s'arrête manger quelque part ? proposa Félix en ralentissant à hauteur d'une petite place ombragée par des platanes centenaires.

Anna hocha la tête, déjà séduite par l'animation qui régnait autour des terrasses de restaurants. Ils choisirent une auberge typique, où les tables en bois, dressées avec simplicité, donnaient sur la place animée. L'odeur du confit de canard et de la truffe flottait dans l'air. Après avoir commandé, Anna s'attarda à observer les passants, fascinée par cette atmosphère à la fois festive et paisible qui caractérisait le sud-ouest en plein été.

— Je ne t'ai pas tout dit à propos du mariage, lança soudain Félix, rompant la contemplation d'Anna.

Elle tourna son regard vers lui, intriguée. Il jouait distraitement avec le pied de son verre avant de reprendre :

— Mon père... disons qu'il est assez fortuné. Et le mariage... eh bien, ce ne sera pas exactement une petite réception intime. Il y aura pas mal de monde, des personnalités connues dans le monde des affaires, un dîner de répétition la veille...

Anna cligna des yeux, prise de court. Elle n'avait jamais réellement cherché à savoir dans quel milieu évoluait la famille de Félix, mais elle se rendait compte qu'elle aurait peut-être dû poser plus de questions.

— Je ne voulais pas t'effrayer, reprit-il en souriant. Mais ne t'inquiète pas, tout se passera bien.

Anna pinça les lèvres, une légère anxiété s'insinuant en elle. Elle n'avait jamais vraiment côtoyé ce genre de milieu, et l'idée de devoir s'y intégrer, même temporairement, lui donnait le vertige. Félix, sentant son hésitation, posa sa main sur la sienne.

— J'ai quelque chose pour toi, ajouta-t-il d'un ton plus léger. Une petite surprise t'attend au gîte.

— Une surprise ?

— Tu verras bien. Mais sache que, pour le mariage, nous serons assortis.

Le sourire de Félix s'élargit, espiègle. Anna fronça légèrement les sourcils, intriguée, mais une chaleur douce l'envahit. Elle se sentait à la fois touchée par cette attention et légèrement plus anxieuse à l'idée de ce qui l'attendait.

Lorsqu'ils arrivèrent au gîte, niché au creux d'une vallée paisible, la beauté du lieu laissa Anna sans voix. La bâtisse de pierre claire, magnifiquement restaurée, se fondait dans le paysage avec élégance. Une allée bordée de lavandes menait jusqu'à la grande porte en bois sculpté. À l'intérieur, la lumière dorée du soir filtrait à travers les grandes fenêtres, révélant une décoration raffinée, à mi-chemin entre le rustique et le luxe discret.

Félix la guida jusqu'à sa chambre, et lorsqu'elle poussa la porte, ses yeux s'écarquillèrent. Sur le lit, une paire de sandales à talons dorées scintillait sous la lumière tamisée. À côté, soigneusement disposée, une robe en satin vert sauge l'attendait patiemment.

— Comme ça, on sera accordés murmura Félix derrière elle.

Anna effleura le tissu délicat du bout des doigts, une étrange émotion l'envahissant. Une part d'elle était émerveillée par l'attention, mais une autre ne pouvait s'empêcher de ressentir une légère pression. Était-elle à la hauteur de tout cela ?

— Merci, souffla-t-elle en se tournant vers lui. C'est magnifique... vraiment.

Félix la prit doucement par la taille, déposant un baiser sur son front.

— Ne t'inquiète pas, tout se passera bien. Je serai là.

Anna hocha la tête, tentant d'ignorer le nœud d'appréhension qui se formait au creux de son estomac. Demain, elle rencontrerait un monde qu'elle ne connaissait pas. Mais ce soir, elle voulait juste savourer l'instant, bercée par la douceur d'un été à Sarlat.

Félix s'éloigna doucement, lui laissant l'espace pour se changer. Elle inspira lentement, s'efforçant de calmer le tambourinement de son cœur. Elle retira ses vêtements avec une lenteur presque rituelle, glissant la robe en satin sur sa peau nue. Le tissu était d'une douceur exquise, caressant chaque courbe avec une légèreté voluptueuse.

Quand elle se retourna, Félix l'observait, appuyé contre le chambranle de la porte. Son regard intense lui fit monter le feu aux joues. Il s'approcha sans un mot, ses doigts venant délicatement frôler son bras, puis son épaule dénudée.

— Tu es magnifique, murmura-t-il.

Le frisson qui remonta l'échine d'Anna n'avait rien à voir avec la fraîcheur nocturne qui filtrait par la fenêtre entrouverte. Elle leva les yeux vers lui, trouvant dans ses prunelles une douceur entremêlée d'un désir brut. Il ne fit pas un geste de plus, lui laissant l'initiative. Anna sentit une vague d'audace la traverser. Elle leva les mains, défit lentement les boutons de la chemise de Félix, sentant son souffle s'accélérer à mesure qu'elle dévoilait sa peau chaude.

Quand il fut torse nu, il la laissa explorer du bout des doigts. Chaque muscle se contractait sous ses caresses, témoignage silencieux de la tension qui les animait. Il se pencha enfin, capturant ses lèvres avec une douceur infinie, comme si le moment pouvait se briser sous une pression trop forte. Mais très vite, l'embrasement fut inévitable.

Il l'attira contre lui, leurs souffles se mêlant, et, dans un ballet silencieux, ils reculèrent jusqu'au lit à baldaquin. Les voiles flottaient autour d'eux, à peine agitant l'air chargé de leur fièvre mutuelle. D'une main assurée, il glissa les fines bretelles de la robe d'Anna le long de ses bras, dévoilant la courbe de ses épaules, puis plus bas encore, la libérant entièrement.

Elle n'était plus qu'une offrande de chair et de frissons sous son regard caressant. D'une lenteur presque torturante, il effleura chaque centimètre de peau offerte, gravant en elle des flammes indélébiles.

— Anna... murmura-t-il, sa voix rauque brisant le silence feutré de la chambre.

Elle répondit à l'appel en l'attirant à elle, réclamant plus, toujours plus. La nuit leur appartenait, parée de soupirs et de frissons, sous les ombres dansantes des voiles qui scellaient leur union.

La route qui menait au repas de répétition était bordée de cyprès élancés, et, à mesure que la voiture avançait sur l'allée de gravier clair, Anna sentit son souffle se suspendre. Le domaine apparaissait peu à peu, baigné d'une lumière dorée, tel un songe figé dans le temps. La façade aux volets bleu pastel, encadrée de lierre grimpant, s'étirait avec une élégance intemporelle sous la frondaison de platanes centenaires. Une fontaine en pierre trônait au centre de la terrasse, cerclée de buis taillés avec une perfection presque irréelle. L'air embaumait le jasmin et la lavande, porté par une brise tiède qui caressait la peau comme une promesse d'été sans fin.

Félix, silencieux, arrêta la voiture et expira lentement. Anna posa une main sur son bras, un geste aussi instinctif que nécessaire. Elle connaissait la tension qu'il portait en lui lorsqu'il s'agissait de ce lieu. Un lieu qui, sous son apparence idyllique, cachait des années de désaccords, de blessures jamais refermées.

Les portes-fenêtres s'ouvrirent sur un homme d'une soixantaine d'années qui s'avança vers eux d'un pas mesuré. Philippe de Rochemont avait cette prestance naturelle des hommes à qui tout semble réussir. Son bronzage doré, acquis au fil des étés sous le soleil de Provence, contrastait avec ses cheveux grisonnants qui donnaient encore plus d'éclat à ses yeux d'un bleu saisissant. Il portait un pantalon de lin beige, une chemise en popeline immaculée et une montre d'une élégance discrète à son poignet. Tout en lui respirait l'assurance et le raffinement, un homme qui n'avait jamais douté de son pouvoir sur les autres.

— Félix, mon garçon.

Sa voix était chaleureuse, veloutée, et il posa ses mains sur les épaules de son fils avec une familiarité trop maîtrisée pour être sincère. Anna, qui savait les silences glacés, les reproches déguisés en conseils et l'attente insoutenable de l'approbation paternelle que Félix n'obtenait jamais, ne put s'empêcher de ressentir un malaise diffus. Pourtant, Philippe se tourna vers elle avec un sourire éclatant.

— Et voici donc Anna. Bienvenue parmi nous.

Son regard l'enveloppa avec une aisance étudiée. Il savait plaire, il savait charmer, et il le faisait avec l'aisance d'un homme habitué à ne jamais rencontrer de résistance. Anna, polie, répondit avec un sourire courtois, mais elle n'ignorait rien de la complexité de cet homme.

Un bruissement de tissu attira leur attention, et Domitille fit son entrée avec la grâce d'une apparition. Elle descendait les marches de pierre avec la fluidité d'un mannequin, ses talons à peine audibles sur la terrasse. Sa longue chevelure châtain clair était coiffée d'un blowout impeccable, chaque ondulation savamment calculée. Son maquillage, subtil et raffiné, rehaussait la symétrie parfaite de son visage. À son doigt, une chevalière gravée rappelait son ascendance prestigieuse, une de ces familles anciennes où l'élégance ne se manifestait pas seulement comme un choix mais un héritage.

— Enfin, vous voilà ! s'exclama-t-elle d'une voix chantante. Je commençais à croire que vous aviez changé d'avis.

Anna sentit la pression des doigts de Félix sur les siens, infime mais révélatrice. Elle répondit à Domitille par un sourire neutre, incapable de deviner encore si son ton relevait de l'humour ou d'un véritable reproche.

La scène était parfaite. Une carte postale de raffinement et d'hospitalité. Et pourtant, sous les dorures, Anna percevait déjà les fissures invisibles.

Félix se tourna vers Anna avec un sourire complice.

— Prête ? demanda-t-il.

Anna inspira lentement avant d'acquiescer.

Devant eux s'étendait une longue table dressée sous une verrière ouverte, bordée de guirlandes de lumières suspendues entre les branches noueuses des vieux arbres qui surplombaient la scène. Le linge de table d'un bleu doux ondulait sous la brise légère, reflétant le ciel clair au-dessus d'eux. Des compositions florales délicates, mêlant de l'hortensia bleu et des roses blanches parsemaient la table, et le scintillement des verres en cristal ajoutait une touche de magie à l'ensemble.

Anna fit un pas en avant, ajustant la longue robe blanche que Domitille lui avait demandé de porter. Elle avait d'abord hésité, trouvant l'idée d'une tenue immaculée presque sacrilège avant le grand jour, mais la mariée avait insisté : « Je veux que tout le monde soit assorti à mon bonheur. » Et ici, au milieu de ce décor somptueux, elle comprenait enfin. C'était déjà un mariage, en tout point. Une garden-party sublimée, où chaque détail avait été pensé avec soin.

Les premiers invités arrivaient par petits groupes, leurs tenues estivales se fondant parfaitement dans l'ambiance élégante mais décontractée de la soirée. Certains portaient des robes fluides aux teintes délicates, d'autres des ensembles en lin clair qui semblaient faits pour ce cadre idyllique. Félix posa une main sur le bas du dos d'Anna et l'entraîna doucement vers un petit groupe.

Ils n'avaient pas encore fait un pas de plus qu'une voix féminine s'éleva, radieuse et pleine d'assurance.

— Ah, Anna ! Félix m'a tant parlé de toi.

Une femme élégante, brune, vêtue d'une robe légère couleur champagne s'était avancée vers eux. Elle posa une main sur le bras de Félix avec une familiarité qui fit tiquer Anna.

— Moi, c'est Élodie, ajouta-t-elle en tendant la main.

Anna serra la main qu'on lui tendait, mais quelque chose, une intuition foudroyante, lui serra le ventre.

Élodie était le genre de femme que l'on remarquait immédiatement, non pas tant pour ce qu'elle faisait, mais pour ce qu'elle dégageait. Une élégance rare, sans effort, comme si elle flottait à quelques centimètres du sol plutôt que de marcher réellement. Sa robe, un entre-deux subtil entre le blanc et le champagne, semblait capturer la lumière à chaque mouvement, caressant sa silhouette avec une grâce naturelle. Sa peau claire contrastait avec sa chevelure brune, soulignant encore davantage l'éclat singulier de son regard, vif et assuré, ce genre de regard qui vous scrute sans jamais vaciller.

Elle s'installa près de Félix avec l'aisance de ceux qui savent qu'ils ont leur place partout où ils le décident. Chaque geste, chaque sourire, chaque infime inclinaison de la tête semblait étudiée, et pourtant, rien ne paraissait forcé. Très vite, la conversation s'orienta sur des anecdotes partagées, des souvenirs dans lesquels Anna n'avait aucun rôle, aucun ancrage.

— Tu te souviens, Félix, cette soirée à Marseille ? Ce fou rire qu'on a eu en cherchant notre chemin…

Elle rit, comme si le simple fait d'évoquer ce moment suffisait à la transporter à nouveau dans cette complicité d'antan. Félix sourit, un sourire teinté de cette nostalgie qui rend tout plus beau.

Anna, elle, ne disait rien. Elle écoutait, spectatrice d'un film dont elle ne connaissait pas l'intrigue, dont elle ignorait même qu'il avait existé. Elle se força à sourire, mais déjà, le malaise s'installait. Ce n'était pas seulement ce qu'Élodie disait, mais la manière dont elle le disait. Comme si elle dessinait une frontière invisible entre elle et Félix, et qu'Anna restait, malgré elle, de l'autre côté.

Élodie poursuivit, piochant dans cette boîte à souvenirs comme si elle n'attendait que cela. Les références, les regards entendus, tout était soigneusement distillé pour créer cette atmosphère d'intimité feutrée dont Anna était exclue. Pas un mot à son attention, pas une question pour l'inclure. Elle était là, mais elle n'existait pas vraiment dans cette conversation.

Et le pire, c'est que Félix ne s'en rendait même pas compte.

Elle n'était pas de nature jalouse. Elle ne l'avait jamais été. Mais il y avait dans la manière dont Élodie effleurait le bras de Félix, dans la proximité qu'elle entretenait naturellement avec lui, une familiarité qui sonnait différemment. Un peu trop proche. Un peu trop intime.

La voix de Domitille la tira de ses pensées.

— Anna ! Viens voir !

Elle s'excusa et s'éloigna de Félix et Élodie, son cœur battant plus fort que de raison. La soirée ne faisait que commencer…

Anna se réveilla accompagnée de l'amertume que la fin de soirée lui avait laissée en bouche. Devait-elle se méfier d'Elodie ? Cette amitié si forte cachait-elle une histoire non aboutie ?

Elle n'était pas du genre à ruminer, à se poser mille questions, mais cette éventualité pesait comme un couvercle au-dessus de sa relation avec Félix. Elle avait franchi tellement d'étapes intérieures pour permettre à cet amour naissant d'exister… Elle qui avait tant de mal à s'ouvrir, à faire confiance, à aimer de nouveau. Elle espérait que pour une fois, la vie lui montrerait qu'elle avait bien fait de se laisser porter, de croire en la beauté des choses simples.

Elle porta son regard sur Félix, encore endormi, et décida de laisser une chance à cette belle histoire, malgré les déconvenues de la veille.

L'ombre fraîche de l'église s'étendait comme une étreinte silencieuse, apaisant la brûlure du soleil de l'après-midi. Les hautes colonnes de pierre ivoire s'élançaient vers le ciel, baignées d'une lumière tamisée qui dansait à travers les vitraux sertis de couleurs vives. Les murs s'ornaient de sculptures anciennes, figées dans une grâce éternelle, veillant en silence sur le serment qui allait être échangé. L'air était chargé d'un parfum subtil d'encens et de fleurs blanches, un mélange envoûtant qui semblait suspendre le temps.

Domitille, éclatante dans sa robe ivoire d'une élégance impériale, avançait lentement vers l'autel. Son port de tête altier, sa démarche fluide, tout en elle respirait la dignité et la sérénité d'une femme certaine de ses choix. À ses côtés, Philippe, son regard pétillant de fierté, ne la quittait pas des yeux. Ils formaient un tableau parfait, un équilibre entre prestance et tendresse, une harmonie que même les murmures du silence semblaient célébrer.

Félix, debout parmi les bancs de bois ciré, observait la scène avec une réserve qu'il peinait à dissimuler. Ce mariage, bien qu'annoncé depuis longtemps, résonnait étrangement en lui. Il avait appris à aimer Domitille, à la voir non plus comme une intruse dans leur vie, mais comme une présence raffinée ayant su apaiser les ombres de son père. Pourtant, il ne pouvait empêcher une vague de mélancolie de s'insinuer en lui, une nostalgie diffuse qui le ramenait à des souvenirs d'enfance où les choses semblaient plus simples.

À ses côtés, Anna était féérique. Drapée dans une robe vert sauge qui épousait avec grâce les courbes de son corps délicat, elle semblait appartenir à cet endroit, comme un poème qui s'épanouit dans la lumière tamisée des cierges. Sa peau brune contrastait magnifiquement avec la fraîcheur de l'étoffe, et ses cheveux relevés laissaient entrevoir la douceur de sa nuque. Elle avait les yeux grands ouverts, absorbant chaque détail avec une ferveur enfantine, comme si elle redécouvrait le monde à travers ce lieu sacré.

— C'est magnifique, murmura-t-elle en s'inclinant légèrement vers Félix, la voix tremblante d'émotion.

Il tourna la tête vers elle, happé par la lueur candide qui dansait dans ses prunelles sombres. Anna possédait ce don d'être à la fois femme et enfant, une innocence dans son émerveillement, une tendresse infinie qui se déployait dans ses gestes, dans sa manière de poser une main légère sur son bras, comme pour s'ancrer dans l'instant. Félix sentit son cœur se serrer sous un étrange sentiment : un mélange de désir et de tendresse, une projection inconsciente où il l'imaginait à cette place, avançant vers lui dans la solennité d'un jour sacré.

Il détourna le regard, troublé par cette image. Pourtant, il ne pouvait empêcher ses pensées de vagabonder. La blancheur éclatante des lys, le velours rouge des bancs, la lueur dorée des cierges, tout semblait conspirer pour créer un décor d'éternité. Et Anna… Anna y était une figure divine, une incarnation de douceur et de grâce. Sa robe ondulait autour de ses jambes lorsqu'elle se déplaçait, chaque mouvement réveillant un parfum léger, une fragrance florale à peine perceptible qui le troublait davantage.

Le prêtre entama ses paroles d'un ton solennel, sa voix grave résonnant sous les voûtes centenaires. Anna, prise dans l'émotion du moment, croisa les mains sur son cœur, ses cils battant doucement alors qu'une larme furtive venait s'accrocher à ses paupières. Félix, sans y réfléchir, effleura son poignet, un contact infime, presque accidentel, mais chargé d'une tendresse qu'il n'osait nommer.

Elle tourna vers lui un regard brillant, un sourire léger effleurant ses lèvres.

— Tu crois que ça nous arrivera un jour ? souffla-t-elle, la voix teintée de rêve.

Félix ne répondit pas immédiatement. Son cœur battait plus vite qu'il ne l'aurait voulu. Ce qu'il voyait devant lui n'était plus seulement le mariage de Philippe et Domitille, mais une vision intime, un avenir possible où il pourrait, un jour, tenir la main d'Anna sous une lumière dorée, dans un lieu aussi majestueux, aussi chargé de beauté et de promesses.

Il se pencha légèrement vers elle, un sourire discret jouant sur ses lèvres.

— Si c'est avec toi, alors je crois que oui.

La cérémonie était un moment magnifique, doux, hors du temps, à l'image de ce couple solaire, plein de prestance.

Sur le lieu des festivités nocturnes, la chaleur persistait, même après le coucher du soleil, enveloppant le domaine d'une douceur estivale propre aux nuits d'août en Périgord Noir. Le cadre était un écrin de lumière et de raffinement : une vaste cour pavée, bordée d'oliviers centenaires aux troncs noueux, s'ouvrait sur une enfilade de longues tables nappées de blanc, éclaboussées d'arrangements floraux délicats et de bougies vacillantes. Des guirlandes lumineuses, suspendues en un élégant baldaquin, projetaient un éclat doré sur les pierres blanches des bâtiments environnants. Un groupe de jazz, installé sous une arche ornée de motifs lumineux, revisitait avec une sensualité feutrée les grands tubes des années 80, envoûtant les invités déjà grisés par le vin et l'euphorie du mariage.

Anna avançait aux côtés de Félix, le bras effleurant le sien, les yeux pétillants devant tant de beauté. La scène était irréelle, presque trop parfaite. L'air embaumait un mélange de terre chaude et des effluves gourmands qui s'échappaient des cuisines. Le menu s'annonçait à la hauteur du décor : foie gras poêlé, magret de canard aux cèpes, pommes sarladaises croustillantes à souhait. Chaque plat, préparé avec un soin d'orfèvre, rendait hommage à la richesse gastronomique du Périgord.

Félix était aux anges, échangeant des plaisanteries avec les convives, levant son verre en l'honneur de son père et de sa nouvelle épouse. Anna se laissait emporter par l'ambiance, captivée par la chaleur du moment, par les éclats de rire, les tintements de cristal, le jazz enivrant. Elle se sentait belle, lumineuse sous le regard admiratif de Félix.

Mais alors qu'elle s'épanouissait pleinement dans cette soirée, une ombre vint assombrir son éclat. Élodie.

La meilleure amie de Félix, perchée sur de hauts talons dorés, un verre à la main, s'approcha d'elle avec un sourire qui n'en était pas vraiment un. Depuis le début, Anna sentait son hostilité sous-jacente, les regards furtifs, les commentaires passifs-agressifs distillés avec une subtilité tranchante. Mais jusqu'ici, elle avait décidé de prendre sur elle, de faire avec, espérant qu'avec le temps, les tensions s'effaceraient. Ce soir, pourtant, Élodie ne semblait pas vouloir faire preuve de discrétion.

— C'est magnifique, n'est-ce pas ? lança-t-elle en se postant juste devant Anna, l'obligeant à reculer d'un pas.

— Oui, absolument sublime, acquiesça Anna, se forçant à sourire.

Élodie haussa un sourcil, son sourire s'élargissant légèrement.

— C'est vrai que pour toi, ce doit être assez… dépaysant. Ce genre d'événements, ce n'est pas trop… ton univers, non ?

Le ton était mielleux, l'attaque, à peine voilée. Anna sentit un pincement au creux de l'estomac. Félix, à quelques mètres de là, riait à une plaisanterie lancée par un cousin. Il ne voyait rien.

— Pourquoi est-ce que tu dis ça ? répondit-elle en s'efforçant de garder une voix légère.

Élodie haussa les épaules, feignant l'innocence.

— Oh, je ne sais pas... Félix a toujours été entouré de gens... comment dire... du même monde que lui. On a grandi ensemble, on partage tant de souvenirs... Parfois, certaines personnes entrent dans sa vie, mais elles ne restent pas toujours. Tu vois ce que je veux dire ?

Chaque mot était une lame fine et acérée. Anna sentit sa gorge se serrer. Elle voulait répondre, défendre sa place auprès de Félix, mais elle savait que quoi qu'elle dise, Élodie trouverait un moyen de la déstabiliser davantage. Elle jeta un regard vers Félix, espérant qu'il capterait son malaise, mais il était toujours absorbé ailleurs.

— Tu es adorable, Élodie, souffla-t-elle finalement, son sourire se fanant lentement. Mais tu n'as pas besoin de me rappeler que je ne fais pas partie de votre petit cercle privilégié.

Elle tourna les talons avant qu'Élodie ne puisse répondre. Son cœur battait fort. L'envie de pleurer lui serrait la poitrine. Ce n'était pas la première fois qu'elle se sentait ainsi, mais ce soir, c'était pire. Ce mariage, cette soirée magnifique, elle l'avait d'abord vécue comme un rêve. Et voilà qu'Élodie venait de tout fissurer.

Elle resta encore un peu, tentant de ravaler son trouble, se forçant à rire aux blagues des autres invités, mais l'amertume restait accrochée à son palais. Peu avant une heure du matin, elle abandonna. Elle trouva une excuse auprès de quelques convives et s'éclipsa du domaine, laissant derrière elle les éclats de lumière et de musique.

Dans sa chambre, la solitude fut une gifle brutale. Elle retira sa robe d'un geste las, s'enroula dans un peignoir et se laissa tomber sur le lit, les larmes brûlant derrière ses paupières closes. Félix ne l'avait même pas cherchée. Avait-il seulement remarqué son absence ?

Les heures s'étirèrent, et enfin, vers quatre heures du matin, elle entendit la porte s'ouvrir. Félix entra à pas feutrés, l'odeur du vin et de la nuit encore accrochée à lui. Il s'approcha du lit, croyant sans doute qu'elle dormait, et se glissa à ses côtés sans un mot.

Elle était immobile, les yeux ouverts dans l'obscurité. Une distance invisible s'était creusée entre eux, une faille qu'elle ne pourrait, peut-être, pas refermer.

Ce week-end à Sarlat devait les rapprocher. Mais à cet instant précis, ils semblaient plus distants que jamais.

8
LES FANTÔMES DU PASSÉ

Le retour de Sarlat jusqu'à Bordeaux se fit dans un silence pesant. Anna fixait le paysage défiler derrière la vitre, ses mains jointes sur ses genoux. Chaque souvenir du week-end se rejouait dans son esprit, et à chaque fois qu'elle repensait aux remarques d'Élodie, une gêne amère lui serrait la gorge. À côté d'elle, Félix conduisait, le regard fixé sur la route, comme s'il espérait que les kilomètres avalés dissiperaient la tension. De temps à autre, il jetait un coup d'œil vers elle, cherchant sans doute un signe, une ouverture. Mais Anna restait figée dans son silence.

Finalement, elle inspira profondément, sa voix plus tremblante qu'elle ne l'aurait voulu.

— Tu ne dis rien…

Félix serra un peu plus le volant.

— Je ne sais pas quoi dire.

Elle hocha lentement la tête, détournant le regard. Ce silence était une réponse en soi.

— Élodie a été dure avec moi, Félix. Tu l'as vu, non ?

Il soupira.

— Elle ne le pensait pas comme ça. C'est sa manière d'être. Elle plaisante, elle provoque…

— Mais ce n'était pas drôle, murmura-t-elle. Ce week-end était important pour toi, pour nous, et elle a passé son temps à me mettre mal à l'aise. Comme si je n'avais pas ma place. Comme si j'étais une intruse.

— Tu n'es pas une intruse, tu le sais bien.

— Alors pourquoi tu n'as rien dit ?

Félix hésita, cherchant ses mots. Anna sentait qu'il voulait désamorcer le sujet, minimiser ce qu'elle avait ressenti, et cette idée lui noua le ventre. Il ne comprenait pas. Ou peut-être refusait-il de comprendre.

— Je ne voulais pas envenimer les choses, finit-il par répondre. Élodie est mon amie depuis toujours, elle ne voulait pas te blesser.

Anna se mordit la lèvre. Elle n'aimait pas les conflits, elle n'aimait pas se sentir sur la défensive. Mais là, quelque chose en elle vacillait. Pas seulement à cause d'Élodie, mais à cause de tout ce que cela réveillait en elle.

— J'aurais juste aimé que tu sois là pour moi, Félix. Que tu remarques à quel point c'était difficile pour moi, et que tu... que tu prennes ma défense.

Il ne répondit pas tout de suite. Elle tourna la tête vers lui, cherchant une réaction, une main tendue vers elle. Mais son expression était fermée, tendue.

— Tu me demandes de choisir un camp, dit-il enfin, et ce n'est pas juste.

Anna sentit une vague de tristesse l'envahir.

— Ce n'est pas ce que je veux. Je veux juste me sentir en sécurité avec toi.

Il ne répondit rien. Et ce silence, plus que ses mots, lui fit comprendre qu'une faille s'immisçait entre eux. Une faille qu'elle n'avait pas voulu voir jusqu'ici.

Elle baissa les yeux, sa voix plus faible.

— Dépose-moi chez moi, s'il te plaît.

Félix la regarda, surpris.

— Quoi ?

— Je préfère rentrer chez moi ce soir.

Il hocha lentement la tête, puis détourna le regard. Le reste du trajet se fit sans un mot.

Lorsqu'ils arrivèrent devant son immeuble, Anna ouvrit la portière avec torpeur. Félix hésita, cherchant quelque chose à dire, mais les mots restèrent coincés.

— Anna…

Elle inspira profondément avant de sortir, refermant la porte derrière elle. Il la regarda s'éloigner dans la nuit, une sensation glaciale s'installant en lui. Cette fois, il doutait. Et ce doute le hantait déjà.

Anna ressentait cette douleur, LA douleur. Celle qui s'emparait d'elle, qui nouait son ventre et ne la lâchait plus. Une souffrance implacable, dévastatrice, qui la dépouillait de tout. Elle n'avait plus envie de rien, sauf de le retrouver.

L'idée de céder la tentait. Lui envoyer un message, l'appeler, lui dire à quel point il lui manquait, à quel point elle aurait voulu que tout se passe autrement. Mais à quoi bon ? Revenir en arrière ne changerait rien. Il n'avait pas pris sa défense, il n'avait pas vu sa détresse, et malgré tout, elle ne parvenait pas à lui en vouloir entièrement.

Un cri lui montait à la gorge, un flot de larmes qu'elle retenait tant bien que mal. Elle aurait aimé en vouloir au monde entier, mais ce n'était pas leur faute. C'était la sienne. C'était elle qui avait baissé sa garde trop vite, qui s'était laissée emporter par l'illusion qu'elle pouvait compter sur lui. Et maintenant, elle se retrouvait là, seule avec cette sensation de vide, un gouffre immense qui s'étendait en elle.

Ça faisait mal, horriblement mal. Et même quand elle pensait réussir à oublier, à respirer, la douleur revenait, plus vive, plus tranchante. Tout lui rappelait Félix. Un parfum qui flottait dans l'air, un éclat de rire dans la rue, une chanson à la radio, le souvenir de ce week-end où elle avait cru qu'ils formaient un véritable « nous ».

Elle oscillait entre l'envie de le haïr et celle de l'aimer encore. Mais pourquoi lui en vouloir, au fond ? Félix n'avait fait que rester fidèle à lui-même, sans prendre parti, sans choisir. C'était elle qui s'était repliée, qui avait refermé les portes avec violence, comme pour se protéger d'une douleur encore plus grande.

Peut-être aurait-elle préféré qu'il se comporte comme un véritable salaud. Qu'il dise quelque chose d'impardonnable, qu'il lui donne une raison de le détester, comme d'autres avant lui. Mais non. Félix n'avait rien fait de cruel, rien d'irréparable.

Il avait juste été... lui, ce qui peut-être lui faisait le plus de mal.

Il fallait avancer. C'était ce que tout le monde disait : pleurer ne servait à rien, le temps finirait par tout apaiser. Mais était-elle folle de penser qu'elle ne voulait pas aller mieux ? Pas tout de suite. Parce que la douleur, aussi insupportable soit-elle, était tout ce qui lui restait de lui. C'était ce fil invisible qui la rattachait encore à ce qu'ils avaient été, à ce qu'elle avait cru être réel.

Il lui manquait, si seulement il savait. Quelques mois à ses côtés, ce n'était rien face à une vie entière, et pourtant, c'était énorme quand on aimait quelqu'un au point de le sentir dans chaque battement de son cœur.

C'était dur.

Dur de garder la tête haute quand elle aurait voulu la baisser encore longtemps. Dur de se forcer à sourire quand son reflet dans le miroir lui semblait étranger. Dur de se lever chaque matin sans avoir une raison valable, sans avoir un message de lui à attendre.

Dur de se dire qu'elle avait tout arrêté par peur de souffrir davantage.

Dur d'admettre que, cette fois encore, sans doute elle gâchait tout.

La voiture filait sur l'autoroute, le ronronnement du moteur se mêlant au battement précipité du cœur d'Anna. Elle avait roulé sans réfléchir, sans vraiment planifier quoi que ce soit, suivant seulement son instinct. Pumpkin, lové sur le siège passager, poussait parfois de petits miaulements plaintifs, perturbé par le voyage improvisé. Elle lui jetait quelques regards désolés avant de reporter son attention sur la route.

L'appartement lui avait semblé si froid, si vide sans Félix. Chaque objet lui rappelait leur dernière dispute, les éclats de voix, la douleur dans son regard avant qu'elle ne claque la porte. Elle avait besoin d'air, de se retrouver. Et Beaumes-de-Venise, ce petit coin de paradis provençal où ses grands-parents l'attendaient toujours les bras ouverts, lui semblait être l'endroit idéal pour panser ses plaies.

Elle arriva en fin d'après-midi, le soleil déclinant peignant le ciel de nuances orangées. Dès qu'elle coupa le moteur, une vague de chaleur l'enveloppa. L'odeur des herbes sèches et de la terre chaude lui rappela aussitôt les étés insouciants de son enfance. Elle sortit de la voiture et s'étira, savourant ce silence apaisant, seulement troublé par le chant des cigales. Pumpkin bondit du siège et s'étira à son tour avant de se faufiler entre ses jambes.

Un bel après-midi d'été, un verre de menthe avec un petit peu d'eau, un papillon blanc qui voltigeait dans le jardin, une chaleur écrasante. Elle portait un petit short en jean noir, simple, son haut dévoilant légèrement son ventre doré par le soleil. La chaleur l'étouffait, tout comme sa vie en pause, suspendue dans un entre-deux où tout était incertain.

Entre deux phrases, un petit lézard blanc arpentait le mur. Elle suivit son mouvement du regard, avant de sursauter à cause d'un bruit dans la maison. Ce n'était que la machine à laver. Elle soupira, se leva pour aller faire la vaisselle, retirant au passage sa bague en or blanc sertie d'un saphir, offerte par sa marraine deux jours plus tôt.

Le soleil cognait contre la baie vitrée. Elle décida de rester à l'intérieur. Demain, à la même heure, elle profiterait du bruit des cigales, de l'ombre du figuier, et du réconfort simple d'un repas en famille, entourée des êtres qui lui sont chers. Après deux ans d'absence, elle savourait cette tranquillité qui lui paraissait si anodine autrefois.

Sa grand-mère entra dans le salon, une main sur la hanche, l'autre tenant un sécateur encore couvert de tiges de jasmin fraîchement coupées.

— Te voilà, ma chérie ! lança-t-elle avec un sourire tendre. Vient profiter de ce magnifique temps avec nous.

Pour lui faire plaisir, mais la rassurer surtout, Anna capitula, malgré son humeur vacillante et son coeur en miette.

Son grand-père, assis sous la tonnelle, leva à peine la tête de son journal, mais son regard pétillait d'affection.

— Toujours en vadrouille, toi, fit-il d'un ton amusé. Allez, viens t'asseoir, je vais te servir un verre.

Elle s'installa à table, face aux vignes qui s'étendaient à perte de vue. La Provence, avec ses teintes dorées et son parfum enivrant de fleurs sauvages, lui offrait un instant de répit. Mais son cœur, lui, restait en vrac.

Un verre de muscat, puis un de rosé, l'odeur de l'été, le monoï, le grésillement des chipolatas sur le barbecue, ce bonheur simple et puissant. Ces petits riens qui passent inaperçus au quotidien, mais qui construisent le sentiment d'être à sa place.

— Tu as l'air fatiguée, observa sa grand-mère en s'asseyant à côté d'elle. Un souci, ma puce ?

Anna hésita, baissant les yeux vers son verre. Parler de Félix raviverait la douleur, et pourtant, elle en avait besoin.

— C'est compliqué, mamie… J'ai l'impression de faire du surplace, de me battre pour quelque chose qui m'échappe.

Sa grand-mère hocha la tête, pensive, avant de désigner les fleurs qu'elle venait de couper.

— Tu vois ces jasmins ? Si je ne les taille pas, ils s'emmêlent, ils étouffent et finissent par ne plus fleurir. Parfois, il faut couper certaines branches pour que le reste puisse s'épanouir.

Anna serra les dents. Elle savait où sa grand-mère voulait en venir.

— Et si je ne veux pas tailler ? Si je veux juste que tout reste comme avant ?

Un sourire doux, mais ferme, étira les lèvres de la vieille femme.

— Alors tu risques de faner avec le reste. Ma chérie, ton projet de boutique, tes rêves, tout ça, c'est toi. Ne laisse personne te faire oublier qui tu es. Ni Félix, ni qui que ce soit.

Anna détourna le regard vers l'horizon. Elle savait que sa grand-mère avait raison. Son projet, son indépendance, tout cela était en suspens depuis trop longtemps. Peut-être était-il temps de recommencer à avancer, avec ou sans lui.

Elle soupira, caressant distraitement Pumpkin qui s'était installé sur ses genoux.

— Je vais essayer, murmura-t-elle.

Et, pour la première fois depuis des jours, elle le pensait vraiment.

Le soir venu, allongée sur son lit, elle repensa à Félix. À son sourire, à ses bras autour d'elle, à ces nuits passées à refaire le monde. Un vide immense la prit à la gorge. Mais en même temps, une petite voix lui soufflait qu'elle devait apprendre à exister par elle-même. Elle ferma les yeux, bercée par le chant des grillons, et fit un vœu : trouver la force d'avancer, un pas après l'autre.

Félix errait dans son appartement, les mains enfoncées dans les poches, le regard perdu. L'absence d'Anna emplissait l'espace d'un vide presque tangible. Il n'était pas du genre à s'accrocher, à supplier qu'on reste. Mais cette fois-ci, il sentait au fond de lui qu'il risquait de perdre quelque chose d'essentiel. Cette pensée lui était insupportable.

Il se laissa tomber sur le canapé, les épaules lourdes, et se passa une main sur le visage. Anna lui reprochait de ne pas s'ouvrir, de rester enfermé dans ses silences. Et elle avait raison. Il était un homme d'ombres, prisonnier d'une habitude forgée par les années, par des relations qui avaient laissé plus de cicatrices que de souvenirs heureux.

Il ferma les yeux et, sans qu'il le veuille vraiment, un visage s'imposa à lui. Élodie.

Encore une fois, son histoire avec elle venait hanter ses relations, et la femme qu'il aimait aujourd'hui, Anna, se heurtait à ce mur invisible qu'il n'avait jamais réussi à abattre, persuadé que son passé avec Élodie était derrière lui, qu'ils avaient su transformer leur flirt adolescent en une amitié solide, exempte de désirs inassouvis. Mais la vérité, il la connaissait : quelque chose entre eux restait encore en suspens, une sorte de promesse tacite jamais résolue.

Au lycée, Élodie avait été son évidence. Ils s'étaient tournés autour pendant des mois, séduisant sans jamais vraiment conclure, jusqu'à ce que les choses se fassent naturellement. Un baiser volé sous un abribus, des promesses murmurées entre deux heures de cours, la douce insouciance d'un premier amour. Et puis, la fin de l'adolescence arriva, brutale, les renvoyant à une réalité inévitable : Élodie partait au Canada, à McGill, pour suivre un cursus en diététique. Lui, Toulouse l'attendait.

Ils s'étaient promis de rester amis. Ils l'avaient été. Vraiment. Mais il y avait eu ces instants de flottement, ces appels en pleine nuit quand l'alcool ou la solitude rendaient l'absence insupportable. Ces messages qui semblaient anodins mais qui portaient en eux un poids émotionnel trop grand pour être ignorés. "Tu me manques." Trois mots, jamais accompagnés d'une suite, mais qui disaient déjà trop. Et cette attente, à la fois sourde et invisible, qui influença sur toutes ses relations à venir. Parce que à chaque fois qu'il s'attachait à quelqu'un, arrivait cette pensée fugace : "Et si un jour, Élodie revenait ?"

Sauf qu'aujourd'hui, il savait. Élodie ne reviendrait pas.

Et surtout, il ne voulait plus l'attendre.

Il ouvrit les yeux, se redressa sur le canapé. La colère qui l'envahissait plus tôt se dissipait, remplacée par une détermination nouvelle. Il ne voulait pas reproduire ce schéma à l'infini. Il ne voulait pas perdre Anna. Il ne voulait pas que son amour pour elle soit étouffé par des fantômes du passé.

Il prit son téléphone, chercha le contact d'Élodie et hésita. Il n'était pas question de l'effacer de sa vie. Elle comptait pour lui. Mais il devait mettre les choses au clair, une fois pour toutes. Il inspira profondément avant d'envoyer un simple message : "Il faut qu'on parle."

Il ne savait pas comment parler à Anna, comment lui livrer son ressenti, sa tristesse mais aussi tous les sentiments qu'il éprouvait pour elle. Il n'avait pas pour habitude de se mettre à nu, de déposer ses tripes sur la table, mais en cet instant il savait que cela était plus que nécessaire pour espérer obtenir une seconde chance.

Après s'être assis à son bureau, depuis plusieurs minutes, une simple feuille devant lui, il fixait cette page blanche avec une boule au ventre. L'écran de son téléphone vibrait de temps à autre, mais il l'ignorait. Il devait faire quelque chose de plus important, quelque chose qui lui demandait un courage qu'il n'était pas certain d'avoir.

Il avait repoussé ce moment encore et encore, trouvant toujours une excuse, une raison de ne pas écrire. Trop fatigué, trop tard, trop occupé… Trop lâche, surtout. Mais ce soir, c'était différent. Ce soir, il n'avait plus envie de fuir.

Son cœur battait trop vite alors qu'il serrait son stylo entre ses doigts. Il tentait de se convaincre que ce n'était qu'une lettre, qu'un bout de papier, bien qu'il en connaisse l'importance. C'était un aveu. C'était la preuve qu'il n'avait jamais vraiment cessé de penser à elle, qu'il ne pouvait tourner la page, malgré ses tentatives pathétiques pour faire semblant.

Il ferma les yeux un instant, essayant de mettre de l'ordre dans le chaos qui régnait dans sa tête. Il avait tant de choses à dire, trop même. Par où commencer ? Comment expliquer l'inexplicable ?

Il inspira profondément et posa la pointe du stylo sur le papier. Les premiers mots furent hésitants, maladroits. Il se relut, soupira, déchira la feuille. Il recommença. Encore et encore. Chaque fois, quelque chose clochait. Soit ce n'était pas assez sincère, soit c'était trop brutal. Soit il en disait trop, soit pas assez.

Il s'adossa à sa chaise, passant une main sur son visage fatigué, incertain que cette lettre changerait quoi que ce soit, redoutant qu'elle ne la lise pas. Mais il devait essayer. Parce que l'idée de ne rien faire, de laisser les choses telles qu'elles étaient, lui était insupportable.

Il repensa à elle, à son rire, à sa façon de lever les yeux au ciel quand il disait une connerie. À son parfum qui l'avait hanté bien après qu'elle soit partie. À tout ce qu'il aimait chez elle et qu'il aimait encore.

Il savait qu'il avait merdé. Il savait qu'il lui avait fait mal. Mais il savait aussi qu'il n'avait jamais voulu ça. Il voulait qu'elle le sache. Qu'elle comprenne qu'aucun désintérêt, mais seulement la peur, dictait sa fuite. Que s'il avait été lâche, ce n'était pas parce qu'elle ne comptait pas, mais au contraire parce qu'elle comptait trop.

Il prit une nouvelle feuille et cette fois, il ne réfléchit plus. Il laissa parler son cœur, il laissa couler les mots. Pas de retenue, pas de faux-semblants. Juste la vérité, toute nue, brutale et sincère.

Quand il eut terminé, il posa son stylo et observa sa lettre. Son cœur battait toujours aussi vite, mais différemment. Il avait l'impression d'avoir vidé une partie du poids qu'il portait depuis des semaines.

Il replia la lettre avec soin et inscrivit son prénom sur l'enveloppe : Anna.

Un dernier soupir. Un dernier doute.

Puis, avec une détermination nouvelle, il se leva. Il ne savait pas comment elle réagirait. Il ne savait même pas si elle l'écouterait. Mais au moins, il aurait essayé.

« Anna,

Je ne sais pas pourquoi j'écris, ou plutôt si, je sais. Je suis pathétique et égoïste de ne pas lâcher l'affaire. J'imagine que tu dois te dire que c'est trop tard, que j'aurais dû faire ça bien plus tôt. Et t'as raison. Mais merde, j'ai besoin de te parler. De t'expliquer. De comprendre aussi.

J'ai essayé de me convaincre que c'était mieux comme ça, que c'était nécessaire. J'ai joué au type qui assume ses choix, qui sait exactement ce qu'il fait. Mais c'est du bluff, et tu le sais sûrement autant que moi. Sinon, pourquoi j'aurais envie de venir te voir, de te parler encore et encore ? Pourquoi j'aurais encore ton prénom au bord des lèvres chaque fois que je discute avec quelqu'un ?

Tu refuses de me voir, et je respecte ça. J'essaie en tout cas. Mais j'ai du mal à accepter l'idée que tu crois que je m'en fous, que j'ai tiré un trait, que tout ça n'a jamais compté. C'est faux. Toi, moi, ce qu'on a eu, ça comptait. Et ça compte toujours.

Je sais que je t'ai blessée. Je revois encore ton regard quand j'ai dit ces mots-là, cette putain de phrase stupide qui a tout foutu en l'air. Je me demande si tu t'es déjà demandé ce qui s'est passé dans ma tête à ce moment-là. Moi, je me le demande tous les jours. Pourquoi j'ai laissé Elodie et son mépris pour toi me contaminer ? Pourquoi j'ai pris peur ? Pourquoi j'ai pensé qu'il valait mieux fuir avant que ça devienne trop sérieux ? Trop réel ?

Tu voulais de la clarté, de la netteté, du précis. Je t'ai laissée dans le flou, accrochée à des « peut-être », à des silences lourds de non-dits. Je ne sais pas comment te dire ce que je ressens sans que ça sonne comme une supplication, alors je vais faire simple : je regrette. Bordel, Anna, je regrette tellement.

Je pourrais prétendre que je vais bien, que j'ai tourné la page, que ma vie suit son cours. Mais ce serait un mensonge. La vérité, c'est que je me sens comme un con, comme un mec qui a laissé filer quelque chose de précieux sans même s'en rendre compte sur le moment. La vérité, c'est que j'aimerais revenir en arrière, ne pas écouter les autres, ne pas laisser mes peurs prendre le dessus.

Mais on ne peut pas réécrire l'histoire, hein ? Juste vivre avec les conséquences.

Alors voilà. J'avais besoin de te dire tout ça, même si tu ne veux plus me voir, même si tu ne répondras peut-être pas. Même si la seule réponse que je peux attendre, c'est ton silence.

Je t'aime.

Prends soin de toi, Anna.

Félix. »

9

LE GRAIN DE SEL

La lettre était là, posée sur le seuil de la boutique d'Anna, repliée avec soin, son prénom tracé d'une écriture nerveuse et précise. Félix était passé tôt, avant que la ville ne s'éveille, déposant ses mots dans la fraîcheur du matin. Il n'avait pas frappé. Juste laissé cette missive, frêle esquif de papier confié à la mer incertaine de leurs sentiments.

Anna la ramassa du bout des doigts, comme si le simple contact de l'enveloppe pouvait lui brûler la peau. Elle demeura un instant sur le seuil, le cœur cognant, partagée entre l'envie de la déchirer sans l'ouvrir et celle de l'absorber d'un trait.

Finalement, elle la glissa dans la poche de son tablier, sans un regard, et entra dans sa boutique.

Ce n'est qu'une fois au milieu des fleurs, entourée de l'odeur entêtante des lys et du doux parfum des pivoines, qu'elle avait osé l'ouvrir.

Les mots de Félix se déversèrent en elle, comme une cascade douce et amère. Il parlait de regrets, de maladresses, de ce qu'il ne savait exprimer. Il ne demandait pas pardon, il savait que les mots ne suffisaient pas. Mais il espérait. Un espoir discret, fragile, mais tenace. Il lui écrivait qu'il l'aimait, sans fard, sans détours. Anna referma la lettre d'un geste brusque, comme si elle craignait qu'elle ne prenne feu entre ses mains.

Pendant plusieurs jours, elle se jeta dans son travail avec une ferveur qui frisait l'acharnement. Composer des bouquets, préparer des commandes, sourire aux clients. Ne surtout pas penser. Mais à chaque instant, le nom de Félix vibrait quelque part en elle, dans le frémissement des pétales sous ses doigts, dans l'écho d'un rire entendu chez Nadine, dans l'ombre d'un client à la démarche trop familière. Pouvait-elle lui faire confiance ? Cette question tournoyait en elle comme un vent d'automne qui ne trouvait pas de prise.

Le premier atelier créatif de Pivoine allait enfin avoir lieu, comme une parenthèse, une bulle d'évasion permettant à Anna de penser à autre chose que Félix. Le parfum des fleurs flottait dans l'air, un mélange enivrant de pivoines sucrées, de lavande apaisante et de petites touches d'eucalyptus. La salle qu'Anna s'était attelée à installer quelques semaines auparavant prenait enfin forme : des tapis colorés jonchaient le sol, des coussins brodés attendaient d'accueillir les participantes, et une longue table haute, accompagnée de jolis tabourets pastels débordait de fleurs fraîchement coupées, de feuillage délicat et d'outils soigneusement disposés.

Anna réajusta un bouquet de gypsophile dans un vase en verre et inspira profondément. Elle n'avait pas le cœur à la fête. Les mots de Félix, sa lettre, ses regrets... tout cela tournait en boucle dans sa tête. Pourtant, ce matin, il fallait sourire. Parce que Charlotte l'avait convaincue que cet atelier serait une réussite. Parce que des amies étaient sur le point de franchir la porte pour partager un moment précieux ensemble. Elle se força à inspirer profondément et esquissa un sourire lorsqu'elle entendit les premiers éclats de rire à l'entrée de la boutique.

Camille, la future mariée, entra entourée de ses amies. Toutes portaient des robes légères aux teintes pastel, certaines avec des couronnes de fleurs déjà sur la tête. L'énergie du groupe était communicative : ça riait, ça parlait fort, ça s'émerveillait devant la boutique qu'elles découvraient pour la première fois.

— Oh là là, c'est magnifique ici ! s'exclama l'une d'elles en tournoyant au milieu des compositions florales.

— Camille, tu as vu ? C'est exactement l'ambiance qu'il te fallait pour ton EVJF !

Charlotte s'approcha, chaleureuse et à l'aise, et prit les rênes en bon maître d'atelier.

— Bienvenue à toutes ! On est ravies de vous accueillir aujourd'hui pour ce moment de création. Vous allez voir, faire une couronne de fleurs, ça ne représente rien de bien compliqué... enfin... en théorie, ajouta-t-elle en riant.

Anna sourit en l'écoutant et attrapa une paire de ciseaux. Peu à peu, la légèreté ambiante parvint à fissurer sa mélancolie.

Les participantes prirent place autour de la table, s'émerveillant devant la beauté des fleurs disposées devant elles. Des brins d'olivier, du statice violet, des petites roses et de l'achillée orangée attendaient patiemment d'être assemblés. Anna et Charlotte distribuèrent des bases de couronnes en fil de fer et commencèrent à expliquer les étapes.

— D'abord, choisissez vos fleurs préférées. Ne vous inquiétez pas pour les couleurs, tout finit toujours par s'harmoniser, assura Anna en observant les mines hésitantes.

Les conversations s'entremêlaient dans un joyeux brouhaha. Certaines débattaient sur le choix des teintes, d'autres s'extasiaient sur la délicatesse des pétales. Le pistolet à colle fut la source des premiers éclats de rire :

— Aïe ! Mais c'est super chaud ce truc ! s'écria l'une des participantes en secouant ses doigts.

— C'est pas censé coller les fleurs et pas les mains ?! renchérit une autre, hilare.

Anna éclata de rire malgré elle, entraînée par l'ambiance belle, sincère, légère. Camille, au centre de tout ce bonheur, souriait à pleines dents.

— J'ai l'impression d'être une petite fée en train de préparer son mariage enchanté ! plaisanta-t-elle.

— Moi, j'ai surtout l'impression que ma couronne ressemble à un nid d'oiseau mal fini, rétorqua une autre en tenant son assemblage d'un air sceptique.

L'atelier avançait dans une joyeuse effervescence, entre maladresses et réussites. Les bouteilles de citronnade fraîche, fournies par le salon de thé voisin, circulaient entre les participantes, ajoutant une touche rafraîchissante à ce bel après-midi. Anna savourait les instants, se laissant peu à peu envelopper par la douceur de l'instant présent. Il y avait quelque chose de beau dans cette complicité entre amies, dans ces petits rires échappés, dans l'excitation de créer ensemble.

Alors, quand Camille leva sa couronne finie au-dessus de sa tête en s'exclamant :

— Je suis prête à dire oui !

… Anna sentit quelque chose fondre en elle. De la tendresse. De la gratitude. Un apaisement doux comme une caresse.

Oui, il y avait du baume au cœur dans ce moment-là. Et elle se surprit à penser que, peut-être, tout finirait par s'arranger.

La vapeur s'élevait lentement de la tasse de porcelaine, dessinant dans l'air tiède de la librairie des volutes éphémères, presque vivantes. Nadine souffla doucement sur son thé, observant le mouvement léger de la fumée qui ondoyait avant de se fondre dans la lumière dorée de l'après-midi. C'était une fin d'août radieuse, où l'été s'attardait avec une générosité paresseuse.

Accoudée à la fenêtre, la tasse entre ses doigts, elle laissa son regard glisser sur la rue. Les façades des boutiques vibraient sous l'éclat du soleil qui étirait les ombres, rendant les couleurs plus vives, presque irréelles. Le rouge vif des géraniums suspendus aux balcons, le bleu profond du ciel sans nuages, l'ocre des murs chauffés par des semaines de chaleur… Tout semblait baigné dans une lumière bienveillante.

Une douceur indéfinissable dans cette fin d'été ressemblait à une promesse suspendue dans l'air. Nadine sentit un léger pincement au cœur en réalisant qu'elle n'avait pas vu Anna ni Félix depuis plusieurs jours. Ni ensemble, ni séparément. Un silence inhabituel s'était glissé entre eux, une absence qui la dérangeait sans qu'elle puisse mettre de mots précis sur son inquiétude.

Elle posa sa tasse sur le rebord de la fenêtre et s'apprêta à retourner derrière son comptoir lorsqu'un tintement cristallin retentit à l'entrée. Le carillon de la porte. Elle se retourna et son cœur se serra aussitôt.

Félix se tenait là, juste sous l'arche de la porte, mais sans son habituel sourire en coin. Ses traits étaient tirés, ses épaules légèrement voûtées comme si un poids invisible pesait sur lui. Ses yeux sombres semblaient chercher quelque chose dans l'air, ou peut-être hésitait-il simplement à parler.

— Félix, murmura Nadine en refermant son livre d'un geste lent. Tu tombes bien, j'allais justement me faire une deuxième tasse. Tu veux quelque chose ?

Il secoua la tête, un sourire pâle et contraint effleurant ses lèvres. Il s'approcha du comptoir, les mains enfoncées dans les poches de son jean.

— Non, merci. Juste… je passais comme ça.

« Juste comme ça ». Nadine fronça légèrement les sourcils. Félix n'était pas du genre à errer sans raison. Il venait ici pour un livre, pour bavarder, pour chercher un conseil. Mais pas juste comme ça. Elle sentit qu'il se refermait déjà, comme un coquillage secoué par la mer et qui choisit de se recroqueviller plutôt que de s'ouvrir.

— Tu as l'air fatigué, nota-t-elle avec douceur, cherchant une brèche dans son mutisme.

— Un peu, répondit-il en haussant les épaules.

Il parcourut les étagères du regard, effleurant du bout des doigts la tranche d'un recueil de poésie sans vraiment le voir. Nadine hésita, puis reprit d'une voix légère :

— Tu sais, j'ai croisé Anna l'autre jour…

Elle n'avait pas croisé Anna, mais elle voulait observer sa réaction. Félix tressaillit imperceptiblement et reposa aussitôt le livre. Son silence se fit plus dense, presque palpable.

— Ah, fit-il seulement, le ton neutre, mais le regard fuyant.

Un soupir échappa à Nadine. Elle ne tirerait rien de lui, pas ainsi, car il se barricadait déjà. Alors elle ne posa pas d'autre question, se contentant de lui proposer un livre qu'il accepta machinalement avant de partir aussi vite qu'il était venu.

Nadine resta un moment à le regarder s'éloigner par la vitre, une main posée sur sa tasse refroidie. Quelque chose s'était brisé entre Anna et Félix, c'était une certitude.

Et elle comptait bien découvrir quoi.

Quelques heures plus tard, Nadine poussait la porte de Pivoine, la boutique de fleurs où Anna travaillait. L'endroit, habituellement rempli d'un brouhaha joyeux, était plus calme à cette heure avancée de l'après-midi. Derrière le comptoir, Anna arrangeait le feuillage destiné aux bouquets, le regard perdu dans le vague.

Nadine n'eut pas besoin de parler pour comprendre. Anna avait cette expression d'égarement, celle qu'ont les cœurs en peine qui n'arrivent plus à trouver leur place dans la mécanique du quotidien.

— Nadine… souffla-t-elle en la voyant.

Elle tenta un sourire, mais ses yeux étaient rouges. Nadine s'approcha sans un mot et posa une main sur la sienne.

Anna ferma brièvement les paupières, comme pour rassembler ses forces, puis lâcha dans un souffle :

— C'est fini. Félix et moi… c'est fini.

Il y eut un silence. Un de ces silences lourds qui pèsent plus que mille mots.

— Oh, ma chérie… souffla Nadine.

Anna secoua la tête, s'obligeant à sourire, mais c'était un sourire fêlé, un sourire de façade.

— On s'est disputés. Enfin… non, pas vraiment. C'est pire que ça. Il s'est refermé, tu me connais, pour me protéger, j'ai fait pareil. Il m'a écrit une lettre il y a quelques jours. Il s'est mis à nu, m'a dit tout ce qu'il ressentait, mais j'ai peur. Si tout a pu voler en éclats une fois, ça pourrait recommencer. Mon coeur n'est pas prêt à souffrir de nouveau.

Sa voix se brisa sur la dernière phrase et Nadine sentit une bouffée de tristesse l'envahir en écoutant son amie. Félix ne semblait pas du genre à lâcher prise facilement, pas du genre à renoncer, ni par caprice, ni par une décision prise à la légère. Quelque chose l'avait poussé à agir ainsi.

Nadine serra doucement la main d'Anna, puis lui sourit avec cette chaleur tranquille qui savait apaiser.

— Ce n'est pas terminé, affirma-t-elle avec une conviction douce. Je vais arranger ça. Je comprends ta peur tu sais, j'ai vécu tout ça avant toi… Mais je t'en prie, ne fait pas les mêmes bêtises que moi, ne laisse pas les fantômes du passé errer sur ton histoire avec Félix. Tu sais, parfois, après l'erreur de sa vie vient l'amour de sa vie. Et si c'était Félix l'amour de ta vie ?

Anna la regarda, incrédule, un peu d'espoir dans le regard.

Nadine ne savait pas encore comment. Mais elle savait qu'elle ferait tout pour recoller les morceaux. Parce que Félix et Anna s'aimaient, et que parfois, l'amour avait juste besoin d'un petit coup de pouce pour ne pas s'effilocher. Selon elle, l'amour, était comme une librairie. On y entre par hasard, et puis on ne veut plus repartir.

Quelques jours plus tard, elle décida de passer à l'action. Elle sortit son téléphone et rédigea rapidement deux messages.

À Anna : J'ai reçu un livre qui devrait te plaire. Tu veux passer ? À Félix : J'aimerais te rendre quelque chose. Viens quand tu peux.

Elle s'installa derrière le comptoir, un sourire satisfait sur les lèvres. Quelques minutes plus tard, le carillon de la porte tinta. Anna entra la première, retirant son manteau tout en regardant autour d'elle.

— Salut Nadine, c'est quoi ce livre mystérieux ?

— Patience, ma chère, répondit-elle en versant une tasse de thé. Installe-toi, j'ai quelque chose à te raconter.

Avant qu'Anna ne puisse répondre, la porte s'ouvrit à nouveau. Félix, l'air intrigué, fit son entrée.

— Nadine ? Qu'est-ce que tu voulais me rendre ?

Un silence s'installa. Anna et Félix s'étaient figés en se voyant. Nadine, elle, ne perdit pas une miette de leur réaction.

— Oh, mais quelle coïncidence ! s'exclama-t-elle, faussement étonnée. Vous voilà réunis… Comme c'est étrange, non ?

Félix haussa un sourcil et se tourna immédiatement vers Nadine, l'ombre d'un agacement sur le visage.

— Un piège, encore ?

— Moi ? Voyons, je ne ferais jamais une chose pareille, répondit-elle avec un sourire innocent.

Anna soupira, haussa légèrement les épaules, puis détourna le regard, comme si Félix n'existait pas. Elle attrapa sa tasse de thé et en souffla doucement la surface, concentrée sur le liquide fumant. Félix fit de même : il glissa les mains dans ses poches et, sans un mot de plus, se dirigea vers une étagère, feignant de s'intéresser à un livre au hasard.

Un silence pesant s'étira dans la pièce. Nadine jeta un regard inquiet à Anna, puis à Félix, espérant un échange, un regard volé, une étincelle. Rien. Juste deux ombres évoluant dans la même pièce sans jamais se frôler.

— Vous allez rester muets encore longtemps ? tenta-t-elle, un brin désespérée.

Aucune réponse. Anna tourna une page invisible entre ses doigts, et Félix prit un livre qu'il reposa aussitôt. Leur indifférence était glaciale, presque cruelle.

Nadine croisa les bras, exaspérée.

— D'accord, très bien. Je me suis trompée, c'est bon, j'abandonne !

Anna finit sa tasse et la posa doucement sur la table.

— Merci pour le thé, Nadine.

Puis elle se leva et remit sa veste. Félix, de son côté, se racla la gorge avant d'attraper son téléphone, jetant à peine un regard à Anna.

— Je vais y aller aussi. À plus.

Nadine les suivit des yeux alors qu'ils quittaient tour à tour la boutique, l'un après l'autre, sans un mot, sans même un dernier regard. Le carillon tinta une dernière fois avant que le silence ne retombe.

Elle lâcha un long soupir et s'écroula contre son comptoir, la tête entre les mains.

— Catastrophe.

Son grand plan venait de couler à pic.

Elle attrapa finalement un biscuit et le croqua nerveusement. Après tout, on ne pouvait pas gagner à tous les coups.

Ce soir, Nadine fêtait les neuf ans de sa librairie, et elle comptait bien en profiter pour mettre en œuvre son nouveau stratagème. Elle avait appris de son précédent échec : les confronter l'un face à l'autre était trop frontal, brutal. Cette fois, elle voulait un cadre plus grandiose, une occasion impossible à fuir mais plus détournée en même temps. Un événement où tout le monde se croiserait, où s'éviter serait un défi en soi.

Elle réajusta son écharpe de soie avec un sourire en coin. L'odeur envoûtante du papier vieilli flottait dans l'air feutré de la librairie Acacia, se mêlant aux effluves enivrants du vin rouge et aux parfums délicats des planches de fromages affinés et de charcuterie fine. La lumière tamisée des guirlandes suspendues projetait une lueur dorée sur les étagères de bois sombre, donnant à l'endroit une atmosphère presque irréelle, comme une bulle hors du temps où la littérature et le raffinement se mariaient harmonieusement.

Derrière le comptoir, elle ajusta les derniers détails : les bouteilles de vin s'alignaient sagement dans leur seau de glace, le plateau de petits-fours envoyait ses arômes alléchants dans toute la boutique, et les convives, parés de leur plus beau sourire, commençaient à affluer. Elle aperçut Charlotte, élégante dans sa robe en velours vert, entrer aux côtés d'Anna. Cette dernière semblait nerveuse, ses doigts jouant distraitement avec le fermoir de son sac à main.

De l'autre côté de la pièce, Félix venait d'arriver. Il s'attarda un instant à l'entrée, comme s'il hésitait à franchir le seuil. Son regard se perdit sur les étagères, mais Nadine connaissait assez bien son ami pour comprendre qu'il cherchait une autre présence, une qu'il espérait et redoutait à la fois. Il finit par attraper un verre de vin et s'installa dans un coin, évitant soigneusement de croiser le regard d'Anna.

— Toujours aussi charmant, murmura Charlotte à l'oreille d'Anna, un brin moqueuse.

— Je ne vois pas de quoi tu parles, répliqua Anna en détournant les yeux.

— Arrête, tu l'as vu dès que tu as mis un pied ici. Tu es tendue comme une corde de violon.

Anna soupira, attrapa une coupe de champagne sur un plateau qui passait à proximité et avala une gorgée avant de répondre.

— C'est ridicule. Tout ça. Lui, moi… Il n'y a plus rien.

— Vraiment ? Parce qu'il me semble que lui non plus ne cesse de t'éviter. Et il a l'air aussi misérable que toi.

Anna sentit son cœur se serrer. Elle n'osa pas tourner la tête vers Félix, mais elle le sentait là, pas loin, une ombre familière qu'elle aurait voulu à la fois fuir et rejoindre. Son ventre se noua à cette pensée. Elle avait peur. Peur de ce qu'un simple échange de regards pourrait réveiller, peur de replonger là où elle avait déjà tant souffert.

Pendant ce temps, Félix fixait le liquide rubis qui tournoyait doucement dans son verre. Chaque rire, chaque éclat de voix autour de lui semblait flotter dans un brouillard lointain. Il savait qu'Anna était là. Il n'avait même pas eu besoin de la voir pour le savoir. C'était comme une présence imprimée dans l'air, une tension imperceptible qui lui tordait l'estomac. Mais il n'avait pas la force d'aller vers elle. Pas ce soir. Pas après tout ce temps à tenter de recoller les morceaux brisés de son cœur.

Nadine, qui veillait sur ses invités comme une chef d'orchestre attentive, observait avec intérêt ce ballet silencieux entre Anna et Félix. Ils étaient là, au même endroit, à quelques mètres l'un de l'autre, et pourtant, un gouffre semblait les séparer. Elle n'était pas dupe. Ils n'étaient pas indifférents, bien au contraire. Alors pourquoi ce jeu cruel d'évitement ? Pourquoi se priver d'une chance, d'un simple mot, d'un geste ?

Un sourire espiègle étira ses lèvres. Il était temps d'ajouter une petite touche à son plan.

— Mes chers amis ! lança-t-elle en levant son verre. Ce soir est une soirée particulière. Neuf ans, déjà ! Neuf ans que l'Acacia est notre refuge littéraire, notre cocon d'histoires et de rencontres. Alors, trinquons ensemble à toutes ces belles années et à celles à venir !

Les invités applaudirent et levèrent leur verre, mais Nadine, elle, posait déjà les yeux sur Anna et Félix. L'instant de célébration, aussi bref fût-il, les avait obligés à lever la tête au même moment. Leurs regards se croisèrent fugitivement, et dans ce court échange, il y eut quelque chose. Une brèche, une fissure dans l'armure qu'ils s'étaient forgée.

Et Nadine savait qu'il suffirait d'un rien pour agrandir cette brèche. Elle comptait bien y parvenir avant la fin de la soirée.

Soudain, elle frappa dans ses mains, attirant l'attention de tout le monde.

— Chers invités ! annonça t'elle d'une voix joyeuse. Je propose que nous fassions un petit jeu.

Les rires s'élèvent, et quelqu'un demanda :

— Quel genre de jeu ?

Nadine sourit malicieusement.

— Un jeu de paix. Parce que ce soir, c'est une trêve. Les rancœurs restent à la porte, les non-dits aussi.

Félix tourne la tête vers Anna, comme s'il comprenait où Nadine voulait en venir. Il s'empare d'un bout de papier et d'un stylo, puis regarde Anna avec intensité.

— Alors, faisons un traité de paix. Toi et moi.

Un silence s'installe. Les regards se tournent vers eux. Anna, d'abord surprise, plisse les yeux.

— Un traité ?

— Oui. Un pacte. Une promesse qu'on ne se fermera plus les portes sans se parler. Qu'on arrêtera de se protéger au point d'en devenir aveugles.

Il tend le stylo à Anna. Elle l'observe longuement, sent son cœur battre dans sa poitrine. Puis, doucement, elle s'en empare et commence à écrire.

Toujours parler avant de fuir.

Ne pas laisser le passé définir le présent.

Faire confiance à l'autre.

Elle signe. Puis tend le papier à Félix. Il la regarde encore une seconde, avant d'apposer son propre nom.

Nadine lève son verre, le regard brillant.

— À la paix !

La soirée battait son plein. Les conversations fusaient, les éclats de rire résonnaient sous les guirlandes lumineuses suspendues entre les arbres. Nadine, fidèle à son plan, s'éclipsa discrètement pour laisser le champ libre. Elle soupçonnait qu'en restant dans les parages, Anna et Félix n'auraient jamais l'occasion de parler en profondeur.

Anna demeurait assise sur un banc en retrait, un verre à la main, le regard perdu sur la piste de danse où quelques invités s'amusaient encore. Elle ne savait que penser de son bref échange avec Félix, qui, lui, l'observait depuis plusieurs minutes, hésitant à l'approcher. Il pressentait qu'il ne pouvait plus repousser cette conversation, qu'il lui devait des explications. Inspirant profondément, il se lança.

— Anna…

Elle sursauta légèrement en entendant sa voix et tourna la tête vers lui. Une part d'elle voulait se lever et partir, mais une autre, plus forte, l'en empêcha. Alors elle resta là, les yeux ancrés dans les siens, le cœur battant plus vite qu'elle ne l'aurait voulu.

— On peut parler ? demanda-t-il doucement.

Elle hocha la tête sans un mot, lui laissant la place à côté d'elle. Il s'assit, prenant un instant pour rassembler ses pensées.

— Je suis désolé, commença-t-il. Désolé de ne pas avoir vu plus tôt ce qui se passait avec Élodie. Je t'ai laissé porter seule un poids que j'aurais dû partager avec toi. Je n'ai pas pris la mesure de ce que tu ressentais, et je le regrette sincèrement.

Anna détourna le regard, les mâchoires serrées. Elle voulait lui en vouloir encore un peu, mais la sincérité dans sa voix désarmait ses résistances.

— Tu ne pouvais pas comprendre, murmura-t-elle. Je n'ai jamais pris le temps de t'expliquer ce que j'avais vécu avant toi. Quand j'ai vu Élodie essayer de s'immiscer entre nous, j'ai paniqué. Ça m'a ramenée à un passé dont je croyais m'être libérée, mais qui m'a explosé en pleine figure. Et au lieu de te laisser le temps de réaliser ce qui se passait, j'ai fui.

Félix posa une main hésitante sur la sienne. Elle ne la retira pas.

— J'aurais dû te donner plus de raisons de me faire confiance, souffla-t-il. Je n'ai jamais voulu te blesser.

Anna ferma les yeux un instant avant de les rouvrir, brillants d'émotion.

— Et moi, j'aurais dû te laisser me prouver que j'avais tort de douter de toi.

Un silence s'installa, mais il n'était plus pesant. Félix entrelaça doucement ses doigts aux siens, testant sa réaction. Lorsqu'elle répondit à son étreinte, il sut que tout n'était pas perdu.

— On repart à zéro ? proposa-t-il, une lueur d'espoir dans la voix.

Elle esquissa un sourire fragile.

— Non. On continue là où on s'est arrêtés, mais cette fois, sans faux-semblants.

Il acquiesça, soulagé, et pressa ses lèvres sur le dos de sa main dans un geste empreint de tendresse.

La suite de la soirée prit une toute autre saveur. Ils restèrent ensemble, profitant du moment, retrouvant peu à peu cette complicité qui leur avait tant manqué. Nadine, qui observait de loin, leva discrètement son verre en guise de victoire avant de disparaître dans la foule.

Lorsque les invités commencèrent à partir, Félix glissa à l'oreille d'Anna :

— Je te raccompagne ?

Elle hésita un instant, puis hocha la tête. Ils quittèrent la fête ensemble, marchant côte à côte sous la lumière tamisée des réverbères.

Chez elle, à peine la porte refermée, un silence chargé d'attente s'installa. Félix s'avança doucement, observant ses réactions. Lorsqu'elle ne recula pas, il effaça la distance entre eux, caressant sa joue du bout des doigts.

— Tu m'as manqué, murmura-t-il.

Elle frissonna sous son contact, sa respiration se faisant plus courte.

— Toi aussi…

Leurs lèvres se retrouvèrent enfin, d'abord hésitantes, comme pour réapprendre l'autre, puis plus avides, plus profondes. Le désir refoulé éclata dans un baiser brûlant.

Ils se perdirent dans leur étreinte, leurs vêtements glissant peu à peu au sol alors qu'ils se frayaient un chemin jusqu'à la chambre. Leurs corps se cherchaient avec une urgence teintée de douceur, comme s'ils voulaient rattraper le temps perdu.

Félix l'allongea sur le lit, son regard plongé dans le sien. Il caressa lentement sa peau, savourant chaque frisson qu'il déclenchait sur son passage. Anna arqua le dos sous ses attentions, son souffle se mêlant au sien.

Leurs gestes oscillaient entre passion et tendresse, entre ce manque inavoué et cet amour indéniable. Ils se redécouvraient, explorant chaque centimètre de peau avec une intensité nouvelle.

Quand enfin ils s'abandonnèrent totalement l'un à l'autre, ce fut à la fois un feu ardent et une étreinte réconfortante. Une fusion parfaite entre désir et émotion, entre retrouvailles et promesses murmurées contre la peau.

Blottie contre lui après l'orage, Anna traça du bout des doigts des cercles paresseux sur son torse.

— On fait quoi maintenant ? chuchota-t-elle.

Félix embrassa le sommet de son crâne, resserrant son étreinte autour d'elle.

— On arrête d'avoir peur. Et on s'aime.

Elle sourit contre sa peau, certaine pour la première fois depuis longtemps qu'ils avaient trouvé leur équilibre. Leur histoire n'était pas parfaite, mais elle leur appartenait. Et ce soir-là, cela comptait plus que tout.

10

PILE À L'HEURE POUR L'AMOUR

Après l'erreur de sa vie vient l'amour de sa vie. Cette phrase citée par Nadine trottait inlassablement dans la tête d'Anna.

Et si Félix était le bon ?

Et si la vie l'avait mis sur son chemin pour panser toutes les plaies du passé, comme une solution à toute la douleur amassée ? Les jours avaient filé, portés par une douceur nouvelle. Anna s'étonnait elle-même de cette métamorphose qui l'avait gagnée, comme une sève remontant à travers ses veines, nourrissant chaque parcelle d'elle d'une énergie insoupçonnée. Ses gestes étaient plus assurés, son rire plus franc. Dans la boutique Pivoine, qu'elle partageait désormais avec Charlotte, elle se surprenait à fredonner en travaillant, à sourire aux passants sans raison apparente.

Pivoine avait été un rêve lointain, un lieu qu'Anna parcourait timidement en tant que stagiaire, les mains encore tremblantes lorsqu'elle assemblait ses premières compositions. Aujourd'hui, elle y venait en tant qu'associée, portant la boutique avec Charlotte, partageant avec elle les responsabilités et les aspirations pour l'avenir. Cette évolution la rendait fière. Elle se sentait légitime, enfin. Le parfum entêtant des roses et des pivoines, la fraîcheur des feuillages humides au petit matin, tout cela faisait partie d'elle.

Un jour, en pliant le carton d'une livraison, elle avait croisé son reflet dans la vitre de la boutique voisine. Elle s'était arrêtée, troublée. Ses yeux ne portaient plus la même ombre, sur son visage détendu. Une sensation de plénitude l'habitait, légère comme un pétale porté par le vent.

Chaque matin, elle enfilait sa salopette rose, déjà tâchée ici et là par le pollen et l'humidité des tiges fraîchement coupées. Son chignon, vaguement noué, peinait à dompter ses boucles indisciplinées qui s'échappaient à la moindre brise. Sa peau, lentement hâlée par le soleil encore tiède de septembre, contrastait avec l'éclat laiteux de la pivoine blanche qu'elle effleurait du bout des doigts.

Elle se sentait heureuse, viscéralement. Heureuse de voir les clients s'attarder devant la vitrine, fascinés par les bouquets qu'elle façonnait avec une ferveur nouvelle. Anna avait toujours aimé les fleurs, mais désormais, elle les comprenait. Chaque composition montrait un morceau d'elle, une harmonie pensée avec le cœur. Elle associait les teintes comme des émotions, créant des explosions de douceur et de lumière. Des brassées de dahlias flambaient à côté des délicates renoncules, tandis que les chardons bleutés apportaient une pointe de mystère aux compositions les plus sages.

Un jour, une vieille dame, fascinée par son assurance et sa douceur, effleura son bras en lui confiant :

— Vous mettez de l'amour dans vos bouquets, ça se sent.

Anna sourit, touchée par cette remarque qui résonnait si juste. Elle ne se contentait plus d'assembler des fleurs. Elle insufflait à chaque création un peu de son bonheur retrouvé, comme une promesse muette.

Et Félix… Félix n'était jamais bien loin. Parfois, il passait la chercher après la fermeture, l'observait en silence alors qu'elle rangeait les tiges éparses sur le comptoir, balayait du revers de la main les pétales tombés au sol. Il aimait cette image d'elle, concentrée et épanouie, les joues roses, les doigts tachés de vert.

— Tu es belle, soufflait-il en l'embrassant doucement sur le front.

Elle riait, feignant de protester, mais son regard pétillait de gratitude.

Oui, elle était belle. Pas seulement à travers ses traits, mais dans ce qu'elle était devenue : une femme qui ne fuyait plus le bonheur, qui le saisissait à pleines mains comme un bouquet fraîchement éclot.

Charlotte la regardait souvent en souriant, amusée par son enthousiasme débordant.

— Je crois que tu es tombée amoureuse, soufflait-elle en attachant son tablier.

Anna rougissait légèrement mais ne contestait plus. L'amour, cette fois, n'était pas une cage, mais un élan, un souffle qui la portait au-delà d'elle-même. Il nourrissait son inspiration, rendait ses mains plus habiles, son regard plus précis. Pivoine grandissait avec elles.

Les ateliers floraux qu'elles proposaient avaient un succès grandissant. Chaque semaine, de nouvelles mains curieuses venaient plonger dans les pétales, apprivoiser les textures, composer des bouquets qui racontaient leur propre histoire.

Anna aimait ces instants suspendus, où le temps semblait se figer sous la lumière tamisée de l'arrière-boutique. Elle guidait les gestes, encourageait les hésitations, riait des maladresses.

Charlotte referma doucement le cahier de comptes et leva les yeux vers Anna, qui triturait distraitement un brin de lavande entre ses doigts. Depuis le début de l'été, Anna avait testé les ateliers floraux avec une petite clientèle d'habituées. Et à en juger par les réservations qui s'enchaînaient encore pour les dernières sessions, l'idée semblait avoir trouvé son public. Il était temps de passer à l'étape suivante.

— Bon, je crois qu'on peut officiellement dire que les ateliers ont été un succès, dit Charlotte en esquissant un sourire.

Anna hocha la tête, un peu songeuse.

— Oui... Je ne m'attendais pas à un tel engouement. Je pensais que ce serait un petit plus, une activité ponctuelle pour animer la boutique. Mais là, certaines clientes reviennent d'une semaine à l'autre !

— C'est bien la preuve qu'on a quelque chose à creuser. Et moi, je pense qu'on devrait marquer le coup avec une soirée d'inauguration officielle. Histoire de lancer vraiment ces ateliers et d'attirer encore plus de monde.

Anna la regarda avec un mélange d'enthousiasme et d'appréhension.

— Une soirée ? Tu penses que c'est nécessaire ? On a déjà pas mal de clientes fidèles...

— Oui, mais imagine si on pouvait toucher encore plus de monde. Faire parler de nous, attirer une nouvelle clientèle. Une belle soirée, avec une démo en direct, des compositions à faire soi-même, peut-être un petit buffet avec des produits locaux...

Anna pencha la tête, visiblement en train de peser le pour et le contre.

— Un buffet, c'est une bonne idée. Et si on proposait un atelier découverte gratuit ce soir-là ? Un truc simple, genre une petite composition de table, pour donner envie aux gens de s'inscrire ensuite.

— Exactement ! s'enthousiasma Charlotte. On pourrait aussi contacter une photographe pour immortaliser l'événement, et même voir si une petite chronique dans le journal local est envisageable.

Anna ria doucement.

— Tu penses à tout.

— Je pense surtout qu'on a une belle occasion de donner un élan supplémentaire à la boutique. Les fleurs, c'est beau, mais si en plus on peut proposer une expérience, un moment de partage... On se différencie vraiment.

Anna sourit et posa le brin de lavande sur le comptoir.

— D'accord. Organisons cette soirée. Mais il faut qu'on définisse une date, un format clair, et qu'on commence à faire parler de l'événement au plus vite.

Charlotte attrapa son agenda et tourna quelques pages.

— On vise quand ? Mi-septembre ? Fin septembre ?

— Mi-septembre, ce serait bien. Juste avant que l'automne ne s'installe vraiment. On pourrait jouer sur les dernières fleurs de saison, proposer un atelier autour des bouquets d'automne...

— Parfait ! Charlotte nota la date prévisionnelle et leva les yeux vers Anna. Alors, prête à faire de cette soirée un moment inoubliable ?

Anna inspira profondément avant d'acquiescer avec un sourire complice.

— Prête.

Autour d'elle, le monde continuait de tourner, baigné de cette lumière nouvelle qu'elle irradiait sans même s'en rendre compte.

Félix, attablé à la terrasse d'un bar guinguette sur les quais de Bordeaux, une bière fraîche en main, savourait cet instant de plénitude. Le soleil commençait à descendre sur la Garonne, projetant une lumière chaude et dorée qui se reflétait sur l'eau paisible. Face à lui, Maxime, un ami de longue date, l'observait en plissant les yeux, un sourire amusé au coin des lèvres.

— T'as l'air d'un type qui a compris un truc essentiel, dit Maxime en faisant tourner distraitement son verre entre ses doigts.

Félix haussa un sourcil, un sourire naissant sur les lèvres.

— Ah oui ? Et quel est ce grand mystère que j'ai percé ?

— T'as l'air heureux. C'est louche.

Félix laissa échapper un rire avant de trinquer avec lui.

— Peut-être que j'ai juste arrêté de me poser trop de questions.

— Ce serait un exploit.

Félix secoua la tête, amusé.

— Disons que j'ai compris ce que je voulais. Et oui, ça passe par Anna.

Maxime hocha la tête, pensif.

— J'avoue que j'suis curieux. Elle a réussi à te faire atterrir. Je demande à voir.

— D'ailleurs, en parlant de tout ça, j'ai remis les pendules à l'heure avec Élodie, ajouta Félix en posant son verre. Elle avait été… disons maladroite avec Anna, et j'ai pas aimé.

Maxime hocha la tête, connaissant bien l'attachement de Félix pour son amie d'enfance.

— C'était pas gagné d'avance, cette histoire. Elle est du genre possessive, Élodie.

— Oui, mais elle a compris. Je crois qu'elle a juste eu peur que ça change quelque chose entre nous. Mais Anna n'est pas comme ça, tu verras quand tu la rencontreras.

Comme pour répondre à son attente, une silhouette fine et gracieuse apparut entre les tables. Anna les rejoignit d'un pas léger, un sourire radieux aux lèvres. Elle portait une robe fluide qui ondulait au rythme de sa démarche.

— Salut ! dit-elle en s'installant, légèrement essoufflée. Il fait bon ce soir.

Maxime la scruta avec curiosité avant de lui tendre la main.

— Maxime. Le vieux pote de cet individu douteux en face de toi.

Anna rit, une sonorité claire et spontanée.

— Anna. L'adorable emmerdeuse qui le supporte.

Félix roula des yeux avec un sourire, tandis que Maxime secouait la tête, visiblement conquis.

— Bon, on va bien s'entendre.

Il y eut une pause où Anna prit le temps de détailler Maxime, comme si elle cherchait à cerner l'homme qu'elle avait en face d'elle.

— Alors, Maxime, dit-elle en s'adossant à sa chaise, raconte-moi. Toi qui connais Félix depuis des années, qu'est-ce que je dois absolument savoir sur lui ?

Maxime haussa un sourcil, un sourire joueur aux lèvres.

— Hmm... Voyons voir. Il a toujours été un gars fidèle en amitié, mais il a une capacité à se prendre la tête absolument fascinante. Tu devrais probablement garder un carnet pour noter ses phases existentielles.

Anna rit.

— Oh, j'ai déjà repéré ce petit travers. Mais ça fait partie du charme.

Félix leva les yeux au ciel, faussement exaspéré.

— Je suis là, les gars.

Maxime poursuivit comme s'il ne l'avait pas entendu.

— Par contre, je dois admettre que ça fait longtemps que je l'ai pas vu aussi posé. Et pour ça, chapeau. Tu dois avoir un sacré effet sur lui.

Anna haussa les épaules.

— J'aime juste les choses simples. Et je crois que Félix en avait besoin.

Maxime acquiesça, puis, plus sérieusement :

— J'vois que tu n'es pas du genre à jouer.

— Pas mon style. Je préfère la sincérité.

Il y eut un silence, mais ce n'était pas un vide inconfortable. Plutôt une pause où chacun semblait peser ce qui était en train de se tisser entre eux.

Puis, Anna se leva pour aller aux toilettes. Dès qu'elle fut hors de vue, Maxime se tourna vers Félix, son ton plus mesuré.

— Mec, elle est adorable. Tu tiens une perle.

Félix sourit, son regard suivant la silhouette d'Anna qui disparaissait dans le bar.

— Je sais.

Et il le savait, plus que jamais.

Anna, de retour auprès des garçons, secoue la tête, amusée. L'ambiance est légère, et elle se sent bien. Elle ne pensait pas que ce serait aussi simple. Mais au fond, n'est-ce pas ce qu'elle attendait ? Que les choses retrouvent leur évidence ?

Maxime, qui jusque-là observait la scène avec un sourire, intervient.

— Je dois avouer que je suis rassuré. Félix a parlé de toi, Anna, et je voulais voir si tout ce qu'il disait était vrai.

Anna arque un sourcil, curieuse.

— Et alors ?

Maxime hoche la tête, faussement sérieux.

— Eh bien, je dois admettre que tu es à la hauteur de la réputation. Il éclate de rire et trinque avec elle.

Les verres s'entrechoquaient joyeusement, dispersant des éclats cristallins au milieu des éclats de rires. L'odeur entêtante de la charcuterie se mêlait aux effluves de tabac et au parfum sucré des cocktails. Le soleil déclinait lentement, répandant une lumière dorée sur la place animée. L'air était doux, chargé de promesses de longues conversations et de souvenirs en gestation.

Suzanne et Idoïa firent leur entrée avec cette assurance naturelle propre aux habitués des soirées entre amis. Suzanne, vêtue d'un pantalon fluide et d'un chemisier en soie, balayait la terrasse du regard avant d'accrocher les yeux d'Anna et de lui adresser un sourire complice. Idoïa, d'une vivacité solaire, virevoltait entre les tables dans sa robe aux teintes éclatantes.

— Les filles ! s'exclama Anna en se levant pour les enlacer avec une chaleur non feinte.

Elles échangèrent des bises bruyantes, puis Idoïa planta son regard pétillant sur Félix avant de lui adresser un sourire en coin.

— Alors, c'est toi, le fameux Félix ?

Félix, qui sentait déjà que l'interrogatoire ne faisait que commencer, esquissait un sourire et tendit la main.

— Enchanté.

Suzanne croisa les bras, faussement sceptique.

— Hm. Il est poli… et plutôt mignon. Ça commence bien.

Idoïa approuva d'un hochement de tête exagérément sérieux.

— Très bon début. Reste à voir s'il tient la distance.

Tout le monde éclata de rire, et la tension qui aurait pu naître d'un tel baptême du feu s'évapora immédiatement. Les deux nouvelles venues s'installèrent en commandant un spritz et un cosmopolitan, et, dans un élan complice, Suzanne interpella le serveur.

— Et une planche de charcuteries et fromages, bien garnie s'il vous plaît !

Le serveur acquiesça avec un sourire avant de disparaître à l'intérieur du bar. La discussion s'engagea naturellement, glissant d'un sujet à l'autre avec une fluidité familière. Suzanne parlait avec passion de son dernier projet de design d'intérieur, des jeux de lumière et de matières qui l'obsédaient ces derniers temps. Idoïa, elle, racontait avec théâtralité les mésaventures rocambolesques de ses élèves de yoga, mimant leurs postures improbables et leurs excuses farfelues pour éviter les exercices trop exigeants.

Maxime, toujours le premier à relancer les conversations, se pencha vers Félix.

— Et toi, raconte-nous. Comment est arrivé, cette rencontre avec notre Anna nationale ?

Félix échangea un regard complice avec Anna avant de se lancer, détaillant ces premiers regards maladroits à la librairie, puis la manière dont leurs chemins s'étaient croisés presque par hasard à la découverte de Pumpkin, comment il avait su qu'elle lui plaisait bien avant d'oser le lui dire. Anna rougit légèrement en entendant certaines anecdotes, mais son sourire trahit son plaisir de l'écouter.

Les verres se vidaient lentement, les éclats de rire résonnaient au rythme des tintements de verres. Le serveur revint avec la planche généreusement garnie, déposant sous leurs nez un assortiment de charcuteries fines, de fromages crémeux et de morceaux de pain croustillant. Une vague d'odeurs alléchantes envahit la table, et chacun se rua sur les mets en un ballet de mains affamées.

— Bordel, c'est bon, marmonne Idoïa entre deux bouchées de tomme de montagne.

— Je crois que je pourrais me nourrir exclusivement de fromage et de vin rouge jusqu'à la fin de mes jours, ajouta Suzanne en levant son verre pour ponctuer son affirmation.

Maxime rit.

— Le régime parfait.

La lumière du jour déclinait encore un peu plus, teintant le ciel de nuances orangées qui se reflétaient sur les vitres des immeubles. Une brise légère transportait avec elle les échos de la ville, les bruits de conversations joyeuses des autres terrasses, le crissement des roues sur les pavés, et quelque part, le lointain son d'un saxophone qui improvisait une mélodie estivale.

Suzanne reposa son verre et fixa Félix avec une intensité feinte.

— Bon. Parlons peu, parlons bien.

Félix arque un sourcil, amusé.

— Je suis tout ouïe.

— Si tu fais souffrir Anna… commence Suzanne en s'essuyant les lèvres avec une lenteur dramatique.

Idoïa hoche la tête et complète :

— … On te retrouvera.

Félix éclata de rire en levant les mains.

— Message reçu.

Anna, mi-amusée, mi-attendrie, leva les yeux au ciel.

— Vous êtes impossibles.

Suzanne trinqua avec elle.

— On veille au grain. Mais rassure-toi, Félix, pour l'instant, tu nous plais bien.

Les verres s'élevaient dans un chœur joyeux. La soirée se prolongeait, portée par la douce euphorie d'une amitié qui se renforçait et d'une histoire qui s'écrivait à la lueur dorée d'un coucher de soleil sur la ville.

De son côté, Nadine marchait d'un pas lent, presque flottant, laissant Gaspard, son petit corgi, renifler les pavés de la vieille ville avec une curiosité insatiable. Bordeaux, à cette heure de la journée, baignait dans une lumière dorée, cette clarté douce et diffuse qui enveloppait les façades des immeubles, caressait la Garonne et étirait les ombres sur les quais. L'air était encore tiède, chargé de l'odeur du fleuve et des derniers éclats de conversations attablées aux terrasses.

Alors qu'elle levait les yeux, son regard se posa sur une guinguette où des rires résonnaient, des éclats de voix légers et insouciants. Elle s'arrêta net. Là, sous les guirlandes lumineuses qui s'agitaient doucement au gré d'une brise fraîche, se trouvaient Anna, Félix et des amis à eux. Ils semblaient à leur place, animés par une complicité nouvelle, ce langage imperceptible des âmes qui se trouvent enfin. Nadine sentit son cœur se serrer, mélange étrange d'accomplissement et de solitude. Elle avait réussi. Elle en était certaine. Plus besoin de manœuvres, de conseils glissés mine de rien, de coïncidences créées de toutes pièces. Ils n'avaient plus besoin d'elle.

Un soupir lui échappa, imperceptible, comme si le poids d'une mission s'évanouissait dans l'air du soir. Une mission qu'elle s'était donnée, peut-être par instinct, peut-être par amour du bonheur des autres. Et pourtant, ce bonheur, qui l'effleurait du bout des doigts, ne lui appartenait pas.

Elle reprit sa marche, songeuse, tandis que Gustave trottinait à ses côtés. L'image d'Anna et Félix, si naturels ensemble, la ramenait à une autre époque, à une autre silhouette, un autre sourire. Arthur. Son Arthur. L'homme qu'elle avait aimé comme on aime une évidence, mais qu'elle avait laissé partir parce qu'ils n'avaient pas les mêmes rêves. Il voulait des enfants. Elle non. Cette divergence, infime à leurs débuts, était devenue un gouffre insurmontable.

Elle s'arrêta un instant sur le Pont de Pierre, observant les reflets tremblants des lumières sur l'eau. Elle se demanda, comme à chaque fois que son esprit dérivait vers lui, ce qu'ils seraient aujourd'hui s'ils avaient trouvé un terrain d'entente. Auraient-ils été heureux ? Aurait-elle cédé, s'était-elle trompée ? Et lui, aurait-il été capable de renoncer à cette paternité qu'il désirait tant ? Tant de questions, autant de réponses impossibles.

Elle frissonna légèrement, non pas à cause du froid, mais sous l'effet de cette nostalgie douce-amère. La ville poursuivait son bruissement autour d'elle, indifférente à ses états d'âme. Bordeaux restait sublime, vivante, mais ce soir, elle lui semblait un peu plus vaste, un peu plus silencieuse. Elle caressa distraitement la tête de Gaspard, comme pour s'ancrer dans le présent.

Puis, un rire éclata derrière elle, éclatant et chaleureux. Elle se retourna. Alexandre. Ce client fidèle de la librairie, celui qui passait toujours un peu plus de temps que nécessaire à discuter avec elle. Il la regarda, la, reconnut.

Lui adressa un sourire, complice, interrogateur, puis reprit son chemin. Quelque chose en elle, fragile mais réel, se mit à vibrer. Et si elle aussi, pour une fois, se laissait une chance ?

Elle répondit à son sourire et reprit sa marche, plus légère. Derrière elle, les lumières de la guinguette scintillaient toujours, et quelque part, dans cette ville baignée de promesses, peut-être qu'une nouvelle histoire attendait simplement qu'elle l'écrive.

EPILOGUE

LES PROMESSES DE DÉCEMBRE

Bordeaux brillait sous les lumières de Noël. Chaque rue semblait avoir revêtu un manteau féerique, une parure scintillante qui transformait la ville en une carte postale animée. Les guirlandes lumineuses ondulaient entre les bâtiments anciens, les vitrines des boutiques débordaient de décorations étincelantes et, dans l'air glacial de décembre, flottait une odeur enivrante de marrons grillés et de vin chaud.

Bordeaux, en décembre, se parait d'un manteau de lumière et de rêverie. Dès la tombée du jour, la ville s'illuminait de mille éclats dorés, comme si chaque pavé, chaque façade de pierre blonde devenait le reflet d'un conte hivernal. L'air chargé de promesses et de senteurs sucrées, mêlait le parfum du vin chaud, aux effluves d'épices et d'oranges confites, à celui des châtaignes grillées que l'on déguste du bout des doigts engourdis par le froid mordant.

Sur les quais de la Garonne, un souffle glacé dansait entre les guirlandes suspendues et faisait frissonner l'eau sombre du fleuve. Les reflets des lumières de Noël y dessinaient des volutes mouvantes, comme si les étoiles elles-mêmes décidaient de plonger dans les courants. Plus loin, le marché de Noël déployait ses petits chalets de bois, abritant des trésors d'artisanat, des figurines sculptées, des bougies parfumées, des jouets en bois patiné qui semblaient raconter des histoires d'un autre temps.

La place de la Bourse, majestueuse et imposante, s'enveloppait d'une aura féerique. Le miroir d'eau, qui en été faisait danser les reflets du ciel, se couvrait d'une fine brume hivernale, et les silhouettes des passants s'y découpaient, éthérées, presque irréelles. Non loin, la rue Sainte-Catherine vibrait sous les pas pressés des flâneurs emmitouflés, leurs rires cristallins se mêlant au tintement joyeux des clochettes des musiciens de rue.

Les vitrines des boutiques rivalisent d'ingéniosité pour capter les regards émerveillés des enfants : automates aux joues rosies, forêts miniatures couvertes de neige artificielle, traîneaux miniatures filant entre des montagnes de chocolat et de pain d'épices. La ville tout entière semblait respirer au rythme de cette douce euphorie hivernale, où chaque recoin devenait une invitation au rêve.

Et puis, il y avait cette atmosphère particulière, ce sentiment indéfinissable de chaleur et de convivialité qui se nichait dans les moindres détails : les écharpes serrées autour des cous, les mains qui s'effleuraient en cherchant un peu de chaleur, les regards échangés au-dessus d'un bol fumant de chocolat chaud. Bordeaux en décembre était un tableau vivant où chaque lumière, chaque ombre racontait une histoire, une symphonie de souvenirs et d'émotions, un instant suspendu dans le grand bal de l'hiver.

Anna et Félix installaient les décorations de Noël dans le salon d'Anna. Ils riaient, s'embrassaient, se chamaillaient légèrement sur la disposition des boules. Chaque geste était empreint de cette tendresse qui naît lorsqu'on construit une vie à deux.

— Je pense qu'on devrait commencer une nouvelle tradition, proposa Félix en enroulant Anna dans une guirlande lumineuse.

— Ah oui ? répondit-elle en riant, les yeux pétillants.

— Oui, chaque année, on achète une décoration qui symbolise quelque chose de spécial pour nous.

— J'adore l'idée !

Ils scellèrent cette nouvelle tradition d'un baiser sous une branche de gui suspendue à la hâte.

L'odeur envoûtante de cannelle et de chocolat chaud flottait dans l'air, enveloppant leur appartement d'un parfum réconfortant. Sur la table basse, deux grandes tasses fumantes attendaient d'être dégustées, décorées de petits motifs enneigés. Pumpkin, leur chat, s'amusait avec une guirlande dorée, la poussant du bout de la patte avant de s'emmêler dedans avec un air faussement innocent. Félix, qui n'avait jamais été un grand amateur de cette période de l'année, découvrait la magie de Noël à travers le regard émerveillé d'Anna. Il la contemplait alors qu'elle accrochait une boule rouge scintillante, les lèvres étirées en un sourire ravi.

Vêtus de pulls de Noël coordonnés et de pantalons de pyjama en tartan, ils ressemblaient à ces couples que l'on voyait dans les films romantiques d'hiver. Anna avait insisté pour qu'ils arborent cette tenue, décrétant qu'il s'agissait d'une tradition qu'ils devraient désormais respecter chaque année. Félix avait râlé pour la forme, mais il se surprenait à apprécier cette excentricité, surtout en voyant l'étincelle de bonheur dans les yeux de sa compagne.

L'appartement brillait de mille feux. Le sapin, majestueux, trônait dans un coin du salon, paré de rubans de velours rouge, de boules dorées et de lumières scintillantes. Sur le rebord de la cheminée, des chaussettes de Noël brodées à leurs prénoms attendaient d'être remplies de surprises. Une couronne de branches de pin, agrémentée de pommes de pin et de baies rouges, restait suspendue au-dessus de l'âtre où crépitait un feu réconfortant. Des coussins aux motifs hivernaux parsemaient le canapé moelleux, et quelques cadeaux emballés dans du papier rouge et vert orné de nœuds attendaient sagement sous l'arbre.

Anna se tourna vers Félix, une boule de Noël en main.

— Voici ma préférée, annonça-t-elle en lui montrant un petit bonhomme de neige avec une écharpe rouge.

Félix sourit, prit la décoration entre ses doigts et la suspendit à une branche.

— Alors elle ira bien en évidence.

Le regard d'Anna s'adoucit. Cette année semblait différente. Plus chaleureuse, plus spéciale. Parce qu'ils étaient ensemble. Parce qu'ils construisaient leurs propres traditions, brique après brique, guirlande après guirlande.

Pumpkin sauta sur le fauteuil et s'étira de tout son long, baillant largement avant de s'installer confortablement. Félix attrapa la main d'Anna et l'attira contre lui.

— Je crois que finalement, Noël, ce n'est pas si mal, murmura-t-il en embrassant son front.

— Ce n'est que le début, répondit-elle en souriant.

Dehors, la neige commençait à tomber, recouvrant la ville d'un manteau immaculé. Dedans, tout n'était que chaleur, rires et amour. Leur premier Noël ensemble, le début d'une belle et longue histoire.

Quelques jours plus tard, un vent glacial balayait la place des Quinconces, où se tenait le marché de Noël. Anna et Nadine, emmitouflées dans leurs manteaux épais, réchauffaient leurs mains autour d'un verre de vin chaud fumant. Les étals regorgeaient de douceurs, de petits objets artisanaux et de guirlandes colorées qui faisaient briller les yeux des passants.

— Tu es heureuse chez Pivoine ? demanda Nadine après une gorgée de son breuvage épicé.

— Plus que jamais, répondit Anna avec sincérité. Je crois que je n'avais jamais vraiment compris ce que c'était, travailler avec passion, jusqu'à maintenant.

Nadine sourit, puis son regard se perdit dans les lumières scintillantes du marché. Anna sentit une hésitation dans sa voix lorsqu'elle reprit la parole.

— J'ai beaucoup réfléchi ces derniers temps… Tu sais, il y a des années, j'ai aimé quelqu'un. Arthur. Nous étions très bien ensemble, mais nous avons fini par nous séparer. Il voulait des enfants, je n'en voulais pas. C'était un point de rupture irréconciliable.

Anna posa doucement sa main sur la sienne.

— Tu l'as revu depuis ?

— Non. Et parfois, je me demande… s'il a trouvé ce qu'il cherchait.

Anna sentit dans la voix de Nadine une pointe de regret qu'elle ne lui connaissait pas.

— Peut-être qu'il n'est jamais trop tard pour savoir…

Nadine haussa légèrement les épaules avant de changer de sujet, mais l'idée germait déjà dans l'esprit d'Anna.

Le marché était un rêve éveillé, un ballet de lumières et d'odeurs qui enivrait les sens. Les effluves du vin chaud se mêlaient à celles des marrons grillés, portées par le vent en volutes capricieuses. Près d'un stand où rissolaient des poêlées de tartiflette, une odeur riche de fromage fondu et de lardons grillés se déversait, éveillant les appétits et les souvenirs d'hivers passés. Non loin de là, le poivre piquant du saucisson exposé en guirlandes sur un étal embaumait l'air, contrastant avec la douceur sucrée des gaufres dorées que des enfants mordaient avec délice, leurs joues empourprées par le froid.

Les chalets en bois, petits refuges d'artisans et de rêveurs, se succédaient dans une farandole d'offrandes lumineuses. Ici, un ébéniste présentait ses jouets en bois finement sculptés, de petits chevaux à bascule et des trains miniatures que les parents manipulaient avec une tendresse rétro. Là, une créatrice de bougies aux senteurs hivernales allumait une mèche devant un couple intrigué, libérant une note de pain d'épices et de cannelle qui se faufila entre les effluves de résine et de feu de bois.

Les décorations, omniprésentes, transfiguraient la place en royaume enchanté. Guirlandes étincelantes, boules de verre soufflé, rubans cramoisis et pampilles scintillantes pendaient aux chalets, se réfléchissant dans les prunelles émerveillées des visiteurs. Le rouge, couleur fétiche de la fête, se montrait partout : sur les tentures, les nœuds de satin qui ornaient les couronnes de sapin, dans les chapeaux des pères Noël improvisés qui distribuaient des papillotes aux enfants rieurs.

— Tu crois que les Noël changent avec le temps ? demanda soudain Anna, en observant une fillette serrer contre elle une poupée de chiffon achetée quelques instants plus tôt.

Nadine réfléchit un instant.

— Peut-être qu'ils s'adaptent. Mais l'essence reste la même. Le partage, la chaleur humaine... C'est ce que je ressens ici, pas toi ?

Anna hocha la tête en souriant. Autour d'elles, le marché bourdonnait d'une agitation douce et bienveillante, comme un écho des Noël passés, de ceux encore à venir. C'était un instant suspendu, un fragment de féerie où le froid ne mordait pas vraiment, où la lumière dansait sur les visages, où l'avenir paraissait, l'espace d'un instant, aussi scintillant que les guirlandes étoilées accrochées aux sapins.

La boutique Pivoine bourdonnait d'activité en ce début décembre. Installée dans une ruelle pavée du centre de Bordeaux, elle était devenue, au fil des saisons, un passage obligé pour les amateurs de belles choses, les passionnés de décoration et les chasseurs de cadeaux uniques. Avec l'approche des fêtes de fin d'année, l'effervescence s'accentuait encore. Dès le matin, une file de clients emmitouflés enroulait l'entrée de la boutique, attendant patiemment leur tour pour récupérer leurs commandes ou s'inscrire aux ateliers de couronnes de l'Avent.

Derrière le comptoir, Anna et Charlotte s'activaient sans relâche. Des rubans dorés et argentés s'entassaient en vrac sur le plan de travail, entre les papiers kraft soigneusement pliés et les étiquettes calligraphiées à la main. Une douce odeur de sapin et de cannelle flottait dans l'air, mêlée aux parfums boisés des bougies artisanales que Charlotte venait de disposer sur une étagère.

— On a encore combien de commandes en attente ? demanda Anna en attrapant un rouleau de ficelle rouge.

Charlotte, les mains enfouies dans une boîte débordante de branches d'eucalyptus et de baies rouges, souffla en consultant leur cahier de commandes.

— Une quinzaine, rien que pour ce matin, et j'ai encore trois demandes de couronnes personnalisées.

Anna haussa les sourcils. Malgré le stress et la cadence effrénée, une excitation joyeuse vibrait en elle. Elle adorait cette période. Voir la boutique vibrer sous l'énergie de Noël, entendre les clients s'émerveiller devant leurs compositions, constituait une récompense en soi.

Elle posa son rouleau de ficelle et attrapa une boîte à rubans.

— Bon, on va gérer. Je m'occupe des emballages, et toi, concentre-toi sur les couronnes.

Charlotte acquiesça en attrapant une base en osier, déjà couverte de mousse. Elle aimait cette partie du travail : donner vie à une création éphémère, marier les textures et les couleurs, équilibrer les volumes. Les aiguilles de sapin picotaient ses doigts, mais elle n'y prêtait pas attention. Chaque couronne était unique, un assemblage harmonieux de feuillages, de pommes de pin, de fleurs séchées et de petits ornements soigneusement sélectionnés.

— Tu veux qu'on remette une playlist de Noël ? proposa-t-elle en piquant une tige de gypsophile dans sa couronne.

Anna éclata de rire en levant les yeux vers elle.

— On en est déjà à notre troisième tour de Mariah Carey ce matin.

— Et alors ? répliqua Charlotte en arquant un sourcil. Noël sans Mariah, c'est pas Noël.

Anna secoua la tête avec un sourire et appuya sur son téléphone. Les premières notes de Last Christmas résonnèrent dans la boutique. Charlotte hocha la tête d'un air satisfait avant de retourner à son travail.

La porte s'ouvrit brusquement, laissant entrer une bourrasque d'air froid et un tintement de grelot. Un homme en doudoune bleu marine pénétra dans la boutique, soufflant dans ses mains pour les réchauffer.

— Bonjour ! Je viens récupérer une commande pour Margaux Dumesnil.

Anna consulta rapidement la liste des commandes en attente et repéra le paquet, une boîte élégamment nouée avec un ruban de velours bordeaux.

— La voici ! Vous avez un petit mot à ajouter ?

L'homme hocha la tête, griffonna quelques mots sur une carte et la glissa dans l'emballage avant de la remercier chaleureusement.

Dès qu'il sortit, une cliente prit sa place. Puis une autre. Puis encore une autre. La matinée fila à une vitesse folle. Entre les commandes, les paiements, les ateliers qui se préparaient, et la réorganisation des stocks, Anna et Charlotte n'eurent pas une seconde pour souffler.

— Tu te rends compte ? murmura Charlotte entre deux respirations. Il y a quelques mois, nous rêvions que Pivoine devienne un incontournable de Bordeaux, et aujourd'hui, nous voilà submergées de commandes.

Anna sourit, les yeux pétillants de fierté. Oui, elles avaient travaillé dur pour en arriver là, et en voyant la boutique vibrer sous la magie des fêtes, elle se dit que tout cela en valait la peine.

— Allez, on reprend notre souffle et on attaque l'après-midi. On a encore un atelier à préparer, et une dizaine de couronnes à livrer.

Charlotte hocha la tête avec un sourire. Noël à Pivoine ne faisait que commencer

La nuit tombait depuis un moment déjà lorsque Félix poussa la porte de la petite boutique où travaillait Anna. L'air hivernal qui s'engouffra avec lui transportait l'odeur familière des marrons grillés et des épices de Noël. Anna releva les yeux de son comptoir et sourit en le voyant arriver, son éternelle écharpe grise enroulée autour de son cou et un petit paquet en main.

— Bonsoir, murmura-t-elle en refermant un livre qu'elle feuilletait distraitement. Qu'est-ce que tu as là ?

— Une surprise, répondit Félix en déposant le paquet sur le comptoir.

Elle le défit avec précaution et éclata de rire en découvrant les dunes blanches exquises, ces petites douceurs qu'elle adorait.

— Tu veux m'acheter avec des pâtisseries ?

— C'est ma seule stratégie, avoua-t-il avec un sourire en coin.

Elle secoua la tête, amusée, et attrapa une des sucreries avant d'en proposer une à Félix. Ils les dégustèrent en silence, savourant ce moment de calme après la journée de travail d'Anna.

— Et si on passait chez Nadine ? proposa-t-il après un instant. Pour chercher des idées de cadeaux de Noël.

Anna hocha la tête, ravie. Elle adorait flâner dans la boutique de son amie, surtout à cette période de l'année où les vitrines s'ornaient de lumières et de décorations scintillantes. En enfilant son manteau, son regard se posa sur une couronne de l'Avent ornée de fleurs séchées et de petites pommes de pin.

— Celle-ci serait parfaite pour Nadine, déclara-t-elle en la soulevant délicatement. Une composition florale pour notre entremetteuse préférée.

Félix haussa un sourcil, intrigué.

— Tu crois qu'elle appréciera la référence ?

— Oh, elle va probablement nier en bloc, rit Anna. Mais elle sait très bien ce qu'elle a fait.

Le trajet jusqu'à la librairie fut rapide. En arrivant devant la vitrine, ils aperçurent Nadine en train de dessiner de délicats motifs de Noël sur la vitre à l'aide d'un feutre acrylique blanc. Des flocons, des guirlandes de houx, des petits rennes espiègles... Son visage était concentré, sa main sûre et précise.

— Eh bien, tu nous cachais des talents artistiques, Nadine ! lança Anna en poussant la porte.

La libraire sursauta légèrement avant de leur adresser un large sourire.

— Je fais ce que je peux pour apporter un peu de magie à cette boutique. Noël mérite un décor digne de ce nom, non ?

— Absolument, approuva Félix. Ça a déjà un charme fou.

Anna lui tendit la couronne de l'Avent avec un sourire complice.

— Pour toi. Un cadeau en avance.

Nadine la prit avec un regard mi-surpris, mi-amusé.

— En quel honneur ?

— Pour notre entremetteuse préférée.

Nadine haussa un sourcil et secoua la tête.

— Je ne vois pas de quoi tu parles...

Anna croisa les bras, faussement sévère.

— Ne fais pas l'innocente. Je sais depuis le début que c'était toi derrière notre première rencontre à la librairie. Tu as tout orchestré, même si, je dois l'admettre, le destin a été plus têtu que toi en mettant Pumpkin sur notre chemin.

Nadine roula des yeux, feignant l'indifférence, mais son sourire la trahissait.

— Je n'ai fait qu'encourager une belle coïncidence…

Ils rirent tous les trois, tandis que la chaleur de la librairie contrastait agréablement avec le froid extérieur. Les livres alignés sur les étagères, les lumières tamisées, et l'odeur du thé aux épices conféraient au lieu une ambiance presque féérique.

Ils s'installèrent autour du petit comptoir en bois et laissèrent la conversation dériver sur tout et rien. Nadine évoqua ses projets pour la nouvelle année, parla d'un roman récemment découvert et partagea quelques anecdotes sur ses clients les plus loufoques.

Puis, presque sans qu'elle ne s'en rende compte, une petite ombre passa dans son regard lorsqu'Anna mentionna la magie des fêtes en couple.

— Cette période est toujours un peu particulière quand on est seul, admit-elle, haussant les épaules.

Anna et Félix échangèrent un regard. Une même lueur espiègle s'alluma dans leurs yeux.

— Nadine, tu nous as aidés à trouver le grand amour, déclara Félix avec un sourire en coin. Peut-être est-il temps que quelqu'un te rende la pareille.

Anna et Félix échangèrent un regard amusé, le début d'une nouvelle aventure se dessinant déjà à l'horizon.

∴

Cette histoire vous a plu ? Elle ne s'arrête pas ici...

Nadine, Anna et Félix seront bientôt de retour

dans une nouvelle aventure,

à la croisée des flocons et des promesses non tenues.

La librairie des coeurs perdus 2 : Un Noël pour écrire la suite

∴

REMERCIEMENTS

Cher lecteur,

Si tu lis ces quelques lignes, cela signifie plusieurs choses :
D'abord, que ma passionnée histoire d'amour avec la procrastination a enfin pris fin (elle m'en aura fait voir de toutes les couleurs).
Et surtout, que ce rêve un peu fou d'écrire, de terminer et de publier un roman est devenu réalité.

Ce livre est né de doutes, de pleurs parfois, de joies immenses, de fous rires en pleine réécriture, et d'une détermination nouvelle que je ne me connaissais pas.

Ce roman est né d'un amour inconditionnel pour les livres, les librairies qui sentent le bois et le papier, les histoires qui commencent là où l'on s'y attend le moins — entre deux rayons, au détour d'un regard, dans le silence complice d'une page tournée.

La librairie des cœurs perdus est aussi une lettre ouverte aux rêveurs et aux rêveuses, à ceux qui pensent que la littérature peut rapprocher les âmes, et que les hasards ne sont jamais tout à fait le fruit du hasard.

Merci à vous, lectrices et lecteurs, d'avoir suivi Nadine, Anna, et Félix dans ce petit bout de monde, entre malice, maladresse, et battements de cœur.

Merci de leur avoir donné une place dans votre vie, le temps de quelques pages.

Merci de donner vie à ce roman en le tenant entre vos mains.

Merci à ma famille, pour son amour, sa patience et ses encouragements, même quand je parlais *encore* de cette idée de roman que je n'osais pas finir.

Merci à mes proches, de m'avoir laissé croire en mes rêves, aussi inaccessibles semblaient-ils.

Merci à mes meilleures amies, elles se reconnaîtront. Celles qui, au fil des années, des jours, m'ont poussée à y croire, à écrire, à ne pas lâcher. Leurs anecdotes, leurs regards complices, leurs élans de tendresse sont partout dans ces pages.

Merci pour les rires, les messages à minuit, les coups de pied bienveillants et les silences remplis de soutien.

Merci à ma grand-mère, Joëlle, pour ses heures de relecture. Ce roman ne serait pas ce qu'il est sans son oeil aguerri, cette passion débordante pour la littérature et les jolis mots. C'est à travers elle que j'ai appris la candeur de chaque instant, la beauté de toutes choses, l'importance de porter un regard aimant et bienveillant sur chacun.

Merci à Eleonore, ma chère illustratrice, pour la poésie de ses traits, pour la confiance immédiate qu'elle a fondée dans cette histoire, ce projet. Quelle chance j'ai d'être entourée de tant de talent !

Ce roman est une ode à l'amitié, à l'amour des autres, à l'amour de soi... à la vie, dans tout ce qu'elle a de doux et d'inattendu.

Enjoy the ride,

Anaïs

TABLE DES MATIÈRES

1. Le Constat

2. On n'attrape pas les mouches avec du vinaigre

3. Manigances et malentendus

4. La nature n'aime pas le vide

5. Un parfum d'espoir

6. Portrait d'une entremetteuse

7. Pour le meilleur et pour le pire

8. Les fantômes du passé

9. Le grain de sel

10. Pile à l'heure pour l'amour

11. Epilogue : Les promesses de décembre